신시문학

여섯번 째 이야기

미끄럼 타는 접시

강근숙 한복선 장명순 김현찬 김교숙

신시문학회 지음

**초판 발행** 2015년 12월 7일
**지은이** 신시문학회

**펴낸이** 안창현  **펴낸곳** 코드미디어
**북 디자인** Micky Ahn
**교정 교열** 성건우
**등록** 2001년 3월 7일
**등록번호** 제 25100-2001-5호
**주소** 서울시 은평구 갈현1동 419-19 1층
**전화** 02-6326-1402  **팩스** 02-388-1302
**전자우편** codmedia@codmedia.com

**ISBN** 979-11-86104-33-0  03810

**정가** 10,000원

# 미끄럼 타는 접시

신시문학회 지음

인사말

짙은 가을의 색이 참으로 아름다운 자연의 그림입니다. 이 때에 신시 동인지를 내게 되어 가슴이 뜁니다. 첫걸음의 새싹이 연둣빛으로 짙푸른 초록으로 글쓰기에 마음을 더해 크고 작은 열매가 되었습니다.

얼마 전 정호승 시인의 특강을 듣고 '탕자의 귀향'이라는 책을 보았습니다. 우리는 아버지의 둘째 아들 탕자이기도 하여 아버지의 무한한 용서를 받게 되고 그것을 바라보는 첫째 아들처럼 이기심의 나이기도 합니다. 아버지는 어른이셔서 모든 것을 힘차게 용서하시고 어머니처럼 부드럽게 포용하여 주십니다.

차차로 세월 안에 익어가는 우리도 점점 어른다움으로 글을 쓸 때처럼 내 안에서 밖을 바라보는 자비의 마음으로 세상을 살아서 주위에 보탬이 되는 삶이 되기를 바랍니다. 우리의 작은 작품이 조금이라도 시문학의 빛이 되었으면 합니다

신시문학회 부회장 한복선

# 거룩한 성탑 하나를 세우는 일

지연희(시인, 수필가)

　　제법 겨울의 모습을 보여주는 11월이다. 계속되는 겨울비가 옷깃을 여미게 하고 마지막 남은 한 달의 여분으로 시간을 옮겨 갈 모양이다. 과연 우리가 밟아온 한 해의 지난 시간들은 얼마나 풍성한 결실을 남겼을지- 문학은 마음 가난한 이의 가슴에 이는 바람을 따사로운 손길로 토닥여 준다는데 내 문학의 손길이 얼마나 따뜻한지 자못 궁금한 계절이다. 문학인은 스스로를 위로하지 못하고는 누군가를 위로할 수 없는 대상이다. 한 줄기 겨울바람이 어깨를 스치며 지나간다.

　　신시문학이 어느새 만6년의 시간이 지나 동인지 6집을 출간한다. 매해 거듭되는 한 해의 문학적 결실이어서 한 해를 아우르는 수확의 기쁨이 아닐 수 없다. 그러나 금년에는 어느 해보다 많은 인원이 참여하지 못해 아쉽다. 자신의 작품에 대한 겸손이 앞서기도 한 회원들과 건강이 원만치 않아 병석에 누워 치유 중인 채수동 선생과 피치 못 할 가정사로 자리를 비우신 회장님을 비롯한 몇몇의 얼굴들이 떠오른다.

　　다섯 사람이 만든 책이다. 어쩌면 오늘의 이 작업을 추운 겨울을 딛고 일어서 새움 틔우는 봄으로 닿는 계절의 진통인지 모른다. 온갖 생명이 동토의 흙을 뚫고 대기 중에 연록의 싹을 올리는 경이로움을 맞이하기 위한 산고일 수 있다. 겨울은 봄날의 꽃을 피우기 위해 자신을

던져 살신성인하는 구도자의 모습이라고 한다. 살을 에는 삭풍의 시간과 석고상처럼 전신을 얼어붙게 하는 수은주의 고문을 오롯이 인내한 성인의 모습이다.

강근숙, 한복선, 장명순, 김현찬, 김교숙 다섯 회원의 아름다운 작품과 배려가 있어 신시문학의 역사는 이어지고 있다. 원고는 제출하지 못했으나 아쉬운 마음을 전해주신 채수동님의 애정도 큰 힘이 됐다. 무엇을 시작하고 명맥을 이어간다는 일은 거룩한 성탑 하나를 세우는 일이다. 문학이라는 이름으로 이어지는 조그마한 동인 문학 활동은 한 시대의 문을 여는 일이며 대한민국 문단을 잇는 진중한 의미를 지니는 일이다.

어느 먼 훗날 가을 코스모스 가는 몸짓처럼 산들거리던 오늘의 신시문학 역사를 되짚는 날이 오거든 그냥 그렇게 우리는 하나의 뿌리를 잇고 있었다는 자존의 이야기를 기록할 수 있으리라는 생각이 든다. 회원 여러분의 소리 없는 배려가 오늘의 신시문학 제6집 「미끄럼 타는 접시」를 출간할 수 있었으며 이 책은 회원 여러분이 주인이다. 여러분의 시, 수필 문학이 보다 성장하여 큰 문운이 깃들기를 기원한다. 최선의 노력은 최상의 결실에 닿는다는 사실을 믿고 있다.

# Contents

# 초대시

## 지연희

궁평리 갯벌
남자는 오레오라고 쓴 과자 케이스를 들고 있었다
망고
그곳에 가고 싶다
분실

**PROFILE**

충북 청주출생. 월간문학 신인상(수필, 1983년). 시문학(시) 신인문학상 당선. 한국문인협회 수필분과 회장, 한국수필가협회 이사장. 국제펜클럽 한국본부 이사, 한국여성문학인회 부이사장 역임. 계간 문파문학 발행인. 수상 : 제5회 동포문학상, 제11회 한국수필상, 2013년 대한문학상대상, 제9회 구름카페문학상, 한국예총 예술인상 문학부문. 저서 : 수필집 「사계절에 취하다」 외 14권, 시집 「남자는 오레오 라고 쓴 과자케이스를 들고 있었다」 외 6권 등 다수

# 궁평리 갯벌

서해안 궁평리 솔밭, 송화가루
뿌옇게 닐리고 있다. 그 둔덕 아래
바닷물 저만치 밀려오지 싶은
벼 이삭 베어낸 황량한 논바다 같은 갯벌 끝
이름 잃은 검정 슬리퍼 한 짝 덩그렇게 앉아
잃어버린 주인의 전신을 저 혼자 찾고 있다
육신의 시작이었던 태초의 한 점 물방울
순식간에 빠져나간 발가락 단호히 붙들지 못한 죄
파리한 낯빛으로 용서를 빈다
저만치-
돌이킬 수 없는 시간의 열쇠를 쥐고
서서히 스며오는 비릿한 생명의 입자들
밀물이 빈손으로 슬리퍼를 토닥이는데
파르르 물 가닥을 잡고 흐느끼는
슬리퍼 한 짝,
막막하다
모랫벌까지 차오른
가슴 멍든 사람들 슬픔의 깃발
퍼렇게 뒤척이고 있다

# 남자는 오레오라고 쓴 과자 케이스를 들고 있었다

그는 과자를 물고 있다
부풀어 오른 빵처럼 둥글게 부은 얼굴
부실공사로 무너진 성수대교 같은
잇몸으로 과자를 씹는다, 눈을 감은 채
두꺼비 등같이 부픈 때 묻은 손
무릎 밑으로 흘러내리는 검은 가방의
짐 움켜쥔다, 입술을 꾹 다물고
열 시 방향으로 고개를 치켜들더니 눈 감고, 가끔
몇 겹의 옷 두툼한 소매 끝 사이로 밀려난 손가락 하나를 움직이며
고개를 갸우뚱거리는 남자
오레오라고 쓴 과자케이스를 한 손에 쥐고
두 입술을 모아 오물거린다, 감은 눈으로
환히 떠오른 보름달이 눈 속에서 빛나고 있었을까
한 입 베어 문 그믐달 모양의 오레오가
맥없이 손가락에서 떨어진다
깜짝, 눈을 뜨고 바닥의 그믐달 하나를 다시 베어 무는 남자
강 깊이 빠져 헤어나지 못하는 허기, 가득한 절망
그믐이 지나야 보름달이 가까워진다는 걸 알고 있을까 남자는

불현듯 눈을 뜨고 두리번거리더니
무릎 위에서 시이소를 타던 삶의 무게를 어깨에 메고
하차 준비를 한다
시작도 끝도 없는 순환열차 2호선 그가 선택한 종착역에서
남자는 그의 전 생애 비축해 놓았던 '사람' 냄새를
전동차 가득 쏘아대고 내렸다
문을 닫고 사라진다
오레오 과자가 담겨있던 빈 케이스를
한 손에 들고 –

# 망고

열대 과일 하나가 접시 위에 쪼그리고 누워 있다
노오란 개나리 꽃물 같던 그녀의 얼굴이 검푸른 멍을 두르고
파르르 알몸의 살갗을 움츠린다
조용히 감겨 있던 그녀의 파리한 눈이
겨울 마른 나뭇가지 같은 앙상한 손가락 위에서
주춤주춤 깨어나고 있다
고향이 어디세요 묻는 내게
그녀는 더욱 큰 울림으로 몸을 떨었다
어깨너머 흔들리는 저 야자수 흐드러진 태평양의 물결 속엔
어미 잃은 남매의 젖은 눈망울이 노을 지고,
그녀의 눈동자 깊숙이 가라앉는 한 그루 사과나무
한 때는 어린 남매의 꽃구름이었듯이
이국의 낯설음도 가을 하늘처럼 푸르기만 했었다
냉기 가득한 아랫목 겨울 한파를 견디며
종일 부풀어 해어진 손톱 끝 습진까지 별빛이었을
그녀의 삶,
칠흑의 밤 몸을 덮친 검은 승용차에 빼앗긴
함몰된 왼쪽 뇌의 깊이만큼 아득한 그녀의 미래는

햇살 달콤한 고국도, 냉엄한 불법체류의 고단함도
눈망울 출렁이며 기다리는 아들, 딸마저
불현듯 이는 한파의 칼날에 스러지고 없다
휑한 눈동자에 스민 저 아득한 일몰
접시 위엔
살점 다 빠져나간 망고의 얇은 잔해가 지느러미를 흔들며
태평양의 바다를 헤엄치고 있다

# 그곳에 가고 싶다

기찻길 옆 초가집
작은 마당을 지나 싸리문 앞에 나와
흰 광목 앞치마에 젖은 손 닦으시며
잰걸음으로 반기시던 어머니, 그리운
어스름 저녁
보랏빛 등불 환한 초가집
늙은 등나무 한 그루 등 굽은 채 서성이고
기차는 저녁노을을 싣고 철길 멀리 사라지며
꽃빛 시간의 흔적만 남겨 놓은
그곳에 가고 싶다

# 분실紛失

해 저물녘의 인도 변
다섯 손가락 모두 마른나무 꺾이듯 접혀진
외짝의 장갑 하나
기력을 소진한 파충류처럼 웅크리고 누워있다
바람의 예사로운 장난기에 사시나무 떨듯 하는
저 빈한함,
일몰의 구둣발마저 검은 인주를 찍고 간다
한 때는 윤기 흐르는 살갗의 금빛 온기이었던 속내
헌신짝 버리듯 흘려버려진 건 아니리라
미움이 깊어 등 돌리듯 흘려버려진 건 아니리라
둘이어야 온전한 하나가 되는 줄 아는 그리움이
눈을 감고 잃어버린 길 찾아 뒤척이지만
길은 열리지 않는다
온몸을 등배치기로 내던지는 바람
아직도 장난 중이다
무심한 발자국이 전신을 밟고 가는데
바람이 칼날이다

# 강근숙

보이지 않는 바람은 나무를 흔들고,
잠자지 않는 세월은 둥치를 키워
내면에 간직한 빛깔을 뽐어낸다

꽃을 보러 가다 | 다시 찍는 흑백사진
욕하는 사람들 | 폭포 아래 발 담그고

PROFILE

『한국수필』수필부문 신인상 당선 등단
파주문인협회 회원, 신시문학회 회원
문파문학 운영이사, 경기도 문화관광 해설사
저서 : 수필집『흑백사진』, 공저『바쁜 웃음꽃』외 다수

# 꽃을 보러가다

봄비람이 들과 산을 어루만진다. 꽃샘추위를 앓고 난 여린 생명들이 삐죽삐죽 땅을 비집고 올라온다. 머잖아 발길 닿는 곳마다 연둣빛으로 물이 들고 꽃들의 잔치가 화사하게 펼쳐지리라. 해마다 이맘때면 바람 든 처녀 총각처럼 설레며 달려가는 곳이 있다. 3월 중순이면 야생화를 좋아하는 여인 서넛이 열 일을 제치고 꽃을 보러 간다. 노루귀는 춘분 삼사일 전후, 며칠만 볼 수 있는 꽃이기에 때를 놓치면 꽃은 온데간데없이 사라지고 노루의 귀를 닮은 잎만 보인다. 아직은 음력 이월, 사람들은 춥다고 옷깃을 여미는 사이 봄은 수북한 낙엽 더미에 몸을 풀었다.

부지런한 중의무릇이 산 들머리에 나와 인사를 한다. 난 잎처럼 싱싱한 이파리 사이 비스듬히 휘어진 가지 끝에 매달린 노란 꽃망울이 청초하다. 겨우내 가물었는데도 있는 힘을 다해 잎을 피우고, 꽃을 피운 풀 한 포기에서 희망의 계절을 읽는다. 물이 자작한 개울을 건너 노루귀를 찾아가는 길, 인적 드문 산속에는 지난 갈에 떨어진 실한 도토리가 널려있다. 하나를 주어 깨물어보니 묵은 도토리라 떫은맛이 덜하다. '이곳 다람쥐는 외식을 좋아하나' 우스갯소리를 하며 동심으로 걷는 발걸음은 행복하기만 하다. 언제나 그 자리에서 고운 자태로 우리를 기다리는 그네들, 단 한 번도 약속을 어긴 적이 없기에 인간은 자연을 그리워하고 그 품으로 돌아가려 하는지 모른다.

앞서가던 여인이 "노루귀다." 환호성을 지른다. 꽃이 눈에 들어오면 조심스레 발을 내디뎌야 한다. 주변 곳곳에 꽃잎을 열기 시작한 노루귀가 고개를 들고 올라오기 때문이다. 낙엽 사이에 잔털이 보송한 꽃대를 밀어 올린 노루귀는 자기를 보러 온 줄 알기라도 한 것처럼 자태를 한껏 뽐내고 있다. 눈이 부시도록 흰 노루귀와 연분홍 노루귀를 보는 순간 감탄사가 절로 나온다. 실바람에도 상처를 받을 듯여린 꽃잎 안으로 점점이 매달린 술이 새색시 족두리인 양 앙증맞다. 풀 한 포기가 뿌리를 내리는 것은 아름다운 꽃을 피우기 위함이다. 차가운 땅속에서 혹한을 견디고 나와 꽃을 피운 노루귀는 마치 고난의 세월을 이기고 우뚝 선 사람처럼 장하고도 대견해 보인다.

행여 여린 싹을 밟을까 봐 조심스레 발걸음을 옮기는데 바로 옆에서 청보라 노루귀가 '나 여기 있어요.' 한다. 꽃잎이 어찌나 고운지 쪼그리고 앉아 한참을 들여다보았다. 자연처럼 아름다운 것이 어디 있을까. 자연의 빛깔은 보면 볼수록 깊이가 있고 편안하며 오묘하다. 어느 화가가 이렇게 아름다운 꽃을 그릴 것이며, 어느 누가 이렇듯 고운 색을 물들일 수 있겠는가. 사람들은 삼라만상의 찬란한 색깔을 빌려다 그림을 그리고 옷감에 다채로운 색을 입혀 세상을 물들인다. 원색을 즐겨 입지 않는 내가, 살아있는 색깔 노루귀에 마음을 빼앗겨 청보라빛 원피스 한 벌 해 입고 싶어졌다.

바람꽃을 보러 갈 차례다. 여기서 3킬로쯤 가면 전통사찰이 있고 주차장에서 조금 올라가다 보면 사람들 발길이 닿지 않는 땅 잡초 사이에 '꿩의 바람꽃'이 산다. 차에서 내리면서 웬지 불안한 생각이 들었다. 주차장 부근을 새롭게 정리하느라 시멘트를 덕지덕지 발라놓았기 때문이다. 아니나 다를까 그곳에 머물던 바람꽃은 자취를 감췄다. 세상에 상처받은 여인이 속세를 떠나 깊이 숨어버리듯, 사람들 발길 닿지 않는 곳으로 떠나 버린 것은 아닐까. 개울 건너 다람쥐가 숨바꼭질하는 호젓한 산길을 헤맸지만 바람꽃은 보이지 않는다.

수많은 생명들이 살아가는 깊은 산골은 발전이라는 이름으로 땅을 헤집어 자연은 파괴되고 자생하는 다양한 생물들이 사라져 간다. 그냥 갈 수는 없었다. 처음 왔던 곳으로 발길을 돌려 눈을 크게 뜨고 제발 한 번만 보게 해달라고 빌었다. 바람꽃은 우리의 마음을 아는 듯 그 자리에 서 있었다. 그립던 사람을 만난 것처럼 반가웠다. 돌무지 잡초 틈에 피어있는 한 떨기 바람꽃은 수행하는 여인을 닮았다. 고아하나 속됨이 없어 감히 손을 대어 볼 엄두가 나지 않는다. 기껏해야 대엿새 피었다 스러지는 바람꽃- 누가 봐주건 봐주지 않건 자연 한 귀퉁이에서 제 몫을 다하는 풀 한 포기는 아름답게 살라고, 꽃을 피우라고 법문을 들려주는 듯하다.

# 다시 찍는 흑백사진

오늘처럼 사진 많이 찍은 날이 없다. 축하를 받은 날도 없다. 이십여 년 만에 세상에 나온 나의 첫 번째 수필집 '흑백사진'을 안고 축하와 박수를 받으며 꽃 속에 묻혀 사진을 찍는다. 긴 세월 남의 잘난 자식을 부러워하다 뒤늦게 얻은 자식 옥동자 아니면 어떠리. 아무리 뜯어봐도 무지렁이 까막눈 못난 내 새끼, 어허 둥둥 늦둥이 품에 안고 팔불출 되었다. 세상에 없는 자식 혼자 얻은 양 동네방네 소문내고 시끌벅적 잔치를 벌인다.

하루에도 신간이 몇백 권씩 쏟아져 나오는 상황에서 수필집 한 권 낸 것 그리 대단한 일 아니다. 그러나 여러 가지로 부족함이 많은 내게 책 한 권 내는 일은 쉽지 않았다. 동인지를 받아보던 초등학교 동창이 십수 년 전에 거금 백만 원을 주면서 책을 내라고 부추겼으나 빈 가방 들고 세월만 보내느라 글 빚을 갚지 못했다. 올해는 육십갑자 한 바퀴 돌아와 다시 태어난 기념으로 책을 내야겠다고 마음먹었다. 다행히 가까운 이들이 마음을 보태 어렵지 않게 개인집을 낼 수가 있었고, 서예가인 막내 동생 내외가 직접 낙관을 새기고 색색의 한지에 정성을 들인 덕에 흑백사진이 품위를 더했다.

파주문학회 주관으로 출판기념회를 가졌다. 문단 어른들이 먼 길을 오셔서 축하해주었고, 오랜 세월 함께 공부한 문우들이 꽃다발을 안겨주었다. 파주문학회 회원들의 행사 진행은 차분하면서도 부족함이 없었다. 장순복 회원의 낭랑한 수필낭송 '나를 품어준 둥지'는 마음을 울컥하게 하였고, 성악가 오영자의 축가 '시월 어느 멋진 날에', '잊혀진 계절'은 깊어가는 가을 분위기를 한껏 돋우었다. 피아노 반주를 예비 며느리가 해주어 더 의미가 있었다. 행복했다. 오늘은 부모도 자식도 아닌 오로지 나만의 축제날이다. 아마도 먼 훗날 내 인생 최고의 순간으로 기억될 것이다. 수필집 한 권 냈기 때문이 아니라 내가 존경하고 사랑하는 사람들과 함께한 기쁜 날이었기 때문이다.

직장에 나가는 동기간은 평일이라 참석을 못 하고 셋째 올케가 엄마를 모시고 일찌감치 왔다. '내가 가면 뭘 알겠냐'며 오지 않으려는 엄마를 꼭 오시라고 당부했다. 활짝 피어 화사한 모습 한 번 보여드리지 못한 딸내미가 오늘 많은 사람들의 축하를 받으며 행복해하는 모습을 보여드렸다. 평소 옷차림 그대로 행사를 지켜보며 무슨 생각을 하셨을까. 제 앞가림 잘하고 사는 걸 괜한 걱정을 했다고 마음을 놓았으면 좋겠다. 세상에서 가장 사랑하는 엄마에게 먼저 수필집을 드렸다. 책을 받아들고 "환갑잔치 한번 멋지게 하는구나" 하신다. 구십 노모가 돋보기를 쓰고 딸내미가 쓴 수필집 '흑백사진'을 들여다본다.

내 수필은 독자가 되어 읽어봐도 별 재미가 없다. 웃음을 자아내는 해학도 없고, 깊은 학문과 심오한 철학이 들어있는 것도 아니다.

홍수처럼 쏟아지는 신간을 보며 '글자공해'라느니 '산림훼손 하지 마라'는 혹자의 말이 귀에 쟁쟁해 책을 내기 전에 많은 생각을 하였다. 흩어진 글을 모아 한 권의 책으로 묶으니 밀린 숙제를 끝낸 것처럼 홀가분하다. 내 글을 읽은 독자들이 '편하고 이해가 쉬우며 솔직해서 좋다'는 말을 한다. 가장 잘 쓴 글은 지식 여하를 막론하고 아무나 읽어도 쉽게 이해가 가는 글이라 했기에 그 말이 내겐 칭찬으로 들린다.

내게 있어 수필은 곁에 있는 것만으로도 의지가 되는 속 깊은 사람이나 다름없다. 남에게 말하지 못하는 부끄러움도 견딜 수 없는 아픔도 다 털어놓을 수 있는 수필이라는 동반자가 있기에 지금 이렇게 환하게 웃을 수 있는 것인지도 모른다. 진실한 고백엔 용서와 관용이 있을 뿐 분쟁을 양산하지 않는다 했다. 대문호 톨스토이도 자기 고백으로부터 글을 쓰기 시작했고, 자살 충동에 시달렸던 그는 고백에서 자유의 출구를 찾았다 한다. '침묵하는 백지의 위력 앞에 부끄럽고 고통스러운 나를 벗는다'고 수필 쓰는 이유를 밝혔듯이 하얀 종이 앞에서는 거짓말을 할 수가 없다. 강요하지 않아도 나 자신을 벗고 고백을 하게 된다.

보라색 액자 속에 담긴 흑백사진을 자꾸 들여다본다. 난생처음 부모님과 찍은 흑백사진, 너덧 살짜리 계집아이는 속바지가 삐죽 나온 한쪽 발을 살짝 올리고 카메라를 향해 배시시 웃고 있다. 때 묻지 않은 맑은 영혼이다. 미움과 슬픔 모르고 수줍음 많던 그 모습은 오랜 세월 현실과 부딪치며 본래의 순수함이 사라졌지만, 세상과 소통하며 경험한 많은 이야기를 담고 있다. 그 또한 내가 만든 세월의 주름이다. 세파에 시달려도 허허 웃으며 건강한 삶을 살 수 있었던 것은 사랑의 눈길로 지켜봐 준 소중한 인연들이 있었기 때문이다. 흑백사진 속 아이가 모두에게 고맙다 인사를 한다. 바람에 출렁여도 묵묵히 자기완성을 향해 걸어가는 모습이 아름답다고 나를 향해 씽긋 웃는다.

# 욕하는 사람들

나도 후련하게 욕을 하고 싶을 때가 있다. 하루가 멀다 하고 사회 지도층 인사들이 힘없는 사람들을 희롱하고 지배하려는 횡포를 볼 때 욱하고 치미는 감정을 누를 수가 없다. 지난 연말 한 아파트 경비원이 입주민의 비인간적인 처우를 견디다 못해 자살을 하고 재벌 3세가 '땅콩 회항'으로 나라를 시끄럽게 하더니, 새해 벽두부터 여단장이 여군을 성추행하는 일이 발생했다. 언어폭력도 성폭력이다. 나라를 지켜야 하는 막중한 책임이 있는 여단장이 부사관을 성추행했는데도 삼성 장군 출신이라는 어느 의원은 '하사 아가씨' 운운하며 "혈기왕성한 40대 중반에 제때 외박을 못 나간 탓"이라고 두둔을 했다. 예방 대책을 세우고 엄중한 처벌을 해야 할 사람이 성폭력자를 감싸는 황당한 주장에 나도 모르게 욕이 나온다.

아이들은 어디서 그렇게 많은 욕을 배우는지 욕을 입에 달고 자란다. 퇴근길 버스는 학교 공부를 끝낸 학생들이 시끌벅적 욕이 반이다. 옆자리에서 아무렇지도 않게 쏟아내는 막말은 듣기가 민망스럽다. 통제가 많은 학교생활에서 풀려나와 저희들끼리 유쾌하게 떠들며 스트레스를 푸는 것이려니 긍정적으로 생각해도 욕설이 지나쳤다. 어쩌면 청소년들은 은어와 비속어를 주고받으며 자신들만의 또래 문화를 형성하고 자연스레 성장하는 것인지도 모른다. 배설의 쾌

감인가. 심리학자들의 연구에 의하면 욕설이 신체적 고통을 줄이는 단기적 효과가 있는 것으로 나타났다고 한다. 자유가 없는 감옥이나 군대에 욕설이 난무한 것도 억압된 감정의 응어리를 발산하여 당면한 고통을 잊기 위해서일 것이다.

욕쟁이로 소문난 욕쟁이 할머니 국밥집은 의젓한 젊은이들에게 인기가 있다. 멀리서 찾아온 손님에게 인사는커녕 '이놈들아 뭐더러 여기까지 몰려와, 염병하다 땀을 낼 놈들' 하며 다짜고짜 욕을 퍼붓는다. 염병은 땀을 내야 살 수 있는 병이다. 할머니가 하는 욕은 악의와 폭력이 담긴 쌍욕이 아니라 손자 같은 젊은이들이 반가워 '몹쓸 병에 걸려도 땀을 내서 살아나라'는 덕담이 덤으로 들어있다. 욕쟁이 할머니를 찾아가는 것은 밥을 먹으러 가는 것이 아니라 욕을 먹으러 가는 것이다. 이 시대를 살아가는 가슴 답답한 젊은이들은 할머니의 속 시원한 욕지거리를 들으며 카타르시스를 느끼고 힘을 얻는 것이리라.

요즘 나는 아들이 출연하는 팟캐스트podcast를 즐겨듣는다. 연예인과 각종 분야의 작가들이 엮어가는 방송은 예술과 관련된 것을 통틀어 하는데, 권위주의와 엄숙함을 깨고 시시콜콜 원초적인 성을 논하기도 하고 사회의 비리를 파헤쳐 욕설을 퍼붓기도 한다. '그런 일이 정말 있었을까' 싶을 정도로 양심을 속여 가며 재산을 불리고 그 막강한 자본력을 앞세워 약자의 생계를 위협하는 비인간적인 처사에 울분을 대변하는 방송은 때론 통쾌하고 시원스럽게 느껴진다. 그런

데 아들이 어쩌다 하는 욕은 귀에 거슬려 '너는 욕하지 마라' 하였으나 방송의 성격을 몰라서 하는 소리다. 방송에는 각자 맡은 역할이 있어 캐릭터에 맞게 역할을 할 뿐이고, 대신 화를 내고 욕설을 퍼부어 듣는 이들로 하여금 속 시원하게 하려는 의도가 숨어있다. 어떤 일이든 앞장선 사람들이 공명정대하게 처리하지 않는다면 욕을 먹는다. 돈과 권력이면 못할 게 없다는 듯, 횡포를 부리는 사람에게 던지는 욕지거리는 모순된 사회에 대한 절규이자 외침인지도 모른다.

욕을 품위 있게 예술의 경지로 끌어올린 사람은 김삿갓을 따를 자가 없다. 김삿갓이 지은 시 중에는 남녀 간의 성희를 노골적으로 표현한 육담시肉談詩가 많은데 그중에 '서당을 욕하다辱說某書堂'는 손님을 문전박대하는 서당훈장을 조롱한 시다. 〈서당내조지書堂乃早知/방중개존물房中皆尊物/생도제미십生徒諸未十/선생내불알先生來不謁〉'서당에 일찍 와서 보니/방안에는 모두 존귀한 분들만 있고/생도는 모두 열 명도 못 되는데/훈장은 나와 보지도 않더라'는 내용인데 소리 나는 대로 읽어보면 슬며시 웃음이 나온다. 김삿갓이 방랑생활 중에 찾아간 시골 서당에서 홀대를 받자 걸쭉한 육담시를 지어 인간답지 못한 훈장을 혼내준 글이다. 얼마나 멋진 욕인가.

언어는 곧 그 사람의 인격을 나타낸다. 욕하는 사람들이 어찌 점잖아 보이겠냐마는 욕하는 사람이라고 개망나니는 아니다. 인생의 무거운 짐을 잠시 벗어놓고 가까운 이들과 터놓고 세상을 얘기하며 추임새처럼 주고받는 욕설은 왠지 상스럽거나 망측스럽게 느껴지지 않는다. 점잖은 체하면서 뒷구멍으로 호박씨를 까는 지체 높은 분들보다는 정의와 사회도덕을 위해서 울분을 털어놓고 욕하는 사람들이 차라리 인간적이다. 예나 지금이나 어지러운 세상엔 탐욕 많고 행실이 깨끗하지 못한 벼슬아치들이 판을 친다. 김삿갓이 이 세상을 본다면 어떤 글로 비판하고 조롱할 것인가. 서민들의 고단함을 툭툭 털어낼 수 있는 해학과 풍자가 섞인 익살스러운 욕 한마디가 듣고 싶다.

# 폭포 아래 발 담그고

✿

칡꽃이 피기 시작하면 이구동성으로 매월대 가자는 말이 나온다. 두어 시간 차를 타고 나가면 경치 좋고 시원한 곳이 많은데 하고많은 피서지를 두고 파주문학회 회원들은 해마다 매월대를 찾는다. 산책로가 험하지 않아 가볍게 올라갈 수 있거니와 찾는 이도 드물어 호젓하게 즐길 수가 있다. 더욱이 칡꽃 향이 진동하는 산속에는 쉼 없이 쏟아지는 폭포가 있어 여름날 하루 쉬기에는 더할 나위 없이 좋은 곳이다.

올해도 이십여 명이 매월대를 찾았다. 폭포 부근에는 앉을만한 곳이 마땅치 않아 주차장에서 점심을 먹고 올라가기로 했다. 각자 한두 가지씩 싸온 음식과 과일이 그들먹하다. 나들이할 때는 홀가분하게 사 먹자 하여도, '집 밥만 하겠느냐'며 회원들은 이렇게 바리바리 싸 들고 온다. 밥은 세 사람이 준비했다. 찰밥, 보리밥, 잡곡밥, 김치도 골고루 네 가지나 되고 묵, 나물, 부침, 풋고추, 된장, 고추장…. 어느 잔칫집 음식이 이렇듯 각양각색 푸짐하겠는가. 이 모두가 손수 농사지은 것으로 만든 것인데 종갓집 손 큰 여인들이라 실컷 먹고도 남은 것이 더 많았다.

남은 음식은 저녁 먹자고 싸서 차에 실었다. 막걸리가 있었다. 오늘 손님으로 온 선동 씨가 빈손으로 왔다며 막걸리 다섯 통을 샀는데 맛

있는 밥 먹느라 건드리지도 않았다. 술을 즐겨하는 회원은 없지만 폭포 아래서 막걸리 한 잔은 해야 하지 않겠는가 싶어 배낭에 챙겨 넣고 앞장을 섰다. 산으로 오르는 길이 원만해 산책하기는 그만인데 이끼 낀 돌이 깔려있어 발을 조심스레 디뎌야 한다. 샌달을 신고 온 동숙 씨가 애를 먹는다. 마주 오는 등산객들에게 길을 비켜주며 천천히 산으로 들어간다. 간간이 피어있는 칡꽃과 온갖 나무들의 싱그러움은 계곡 물소리와 어우러져 가슴을 시원하게 한다.

이곳 복계산은 생육신 김시습의 발자취가 남아있는 곳이다. 학문에만 전념하던 김시습은 약관의 나이에 수양대군이 왕위 찬탈했다는 소식을 듣고 책을 불사르고 승려가 되어 방랑 생활을 계속했다. 전국을 유람하며 자연과 인간의 깊은 내면을 성찰하고, 지방 선비들과 시를 통하여 끊임없는 시대 비판을 하며 생을 마감할 때까지 후학들에게 삶의 지혜를 전해준 인물이다. 매월당 김시습이 여덟 선비와 절벽암반에 바둑판을 새겨놓고 바둑을 두면서 단종 복위를 도모했다는 이야기가 전해오는 봉우리가 바로 맞은편에 있다.

폭포 아래 발을 담그고 배낭 속 막걸리를 꺼냈다. 마개를 따자 뽀얀 막걸리가 솟구친다. 세상에서 가장 아름다운 이름, 지조와 절개에게 막걸리 한 잔 헌배하고 문우들을 불렀다. 술을 좋아하지 않지만 분위기를 아는 여인들이기에 마다치 않고 옆으로 와 앉는다. 폭포 앞에서 좋은 사람들과 술잔 잡고 있으니 속세를 떠난 듯 마음이 청정해진다. 매월당과 여덟 선비도 이렇게 폭포 아래서 비분강개를 잠시 잊고 신선놀음을 하였을까. 문우들이 폭포를 맞으며 내게 오라고 손짓을 한다. 물 공포증이 있지만 오늘은 흠뻑 젖고 싶어 옆 사람 손을 잡고 가만가만 폭포 아래로 다가갔다. 잠깐이었지만 세찬 물줄기가 절대자의 회초리처럼 무섭게 내리친다. 눈을 뜨지도 못하고 덜덜 떠는 나를 끌어내며 문우들이 배를 잡고 웃는다. 성지오가 모두에게 빨간 오미자 술 한 잔씩을 따라준다. 추위가 가셨다. 옷을 입은 채로 어깨동무를 한 여인들은 폭포수에 누웠다 일어났다 하며 어린 시절로 돌아갔다. 웃음소리가 산을 넘는다. 다시는 덥다는 말이 나오지 않을 것 같다.

해가 설핏해 산을 내려오며 휴대폰을 열어보니 아들 번호가 여러 번 찍혔다. 무슨 일이 있는가 싶어 전화를 했더니 왜 전화를 안 받느냐며 버럭 소리를 지른다. 파주엔 지금 폭우가 쏟아지고 호우주의보까지 내렸다 한다. 전화를 안 받아 무슨 사고라도 났을까 봐 걱정을 한 모양이다. 차에 오르자 하늘이 어두워지더니 참았던 비가 쏟아진다. 파주가 가까울수록 시뻘건 흙탕물이 불어난 길가에는 뿌리 뽑힌 나무가 누워있고, 높이 걸린 간판이 덜렁거린다. 우리가 있던 매월대는 맑은 날이었는데 파주에는 집중호우가 퍼부었던 모양이다. 어미가 즐거운 시간을 보내는 동안 안절부절못했을 아들을 생각하니 미안하다.

피해만 없다면 축축하게 젖는 저녁이 얼마나 운치 있는가. 하물며 가뭄 끝에 내리는 빗발은 하늘이 우리에게 주는 귀한 선물이다. 즐거운 하루였기에 빗속을 달리는 차 속에서 콧노래가 나온다. 집에 가려면 멀었으니 노래나 부르자 한다. 파주문학회 회원들은 반주 없이도 가수 뺨치게 부른다. 높은음도 구성지게 잘 넘어가는 것은 세월과 친한 탓이다. 마지막 내 노래는 '우중의 여인'이다. '장대같이 쏟아지는 밤비를 헤치고 나의 창문을 두드리며 흐느끼는 여인아' 사연 많은 여인처럼 나는 왜 이 노래를 좋아하는 것일까. '비 개인 훗날에는 밝은 태양 비치리' 2절 마지막 구절이 끝나자 거짓말처럼 비 그치고 구름이 걷혔다. 짧은 하루였지만 굴곡 많은 삶처럼 많은 것을 경험했다. 인생 또한 그렇지 않던가. 꿈꾸던 젊은 시절도, 비바람에 깨지고 넘어져 상처 덜어내며 울던 날 있었으리라. 결국은 밝은 태양 비추지 않던가. 남은 삶 하루하루 오늘처럼 웃음꽃 피는 날이었으면 좋겠다. 스물일곱 해묵은 정 위로 내리는 노을빛이 곱다.

# 한복선

사람 속 사랑의 본질이
해와 달 속에서 매일 건디며 울고 있다

우거지 지지미 | 찹쌀떡 | 사진 속 음식

미끄럼 타는 접시 | 홀씨 고사리

서울 돈암동 출생,『문파문학』신인상 시 부문 등단
중요 무형문화재 제38호 '조선왕조 궁중음식' 이수자
(주)대복 회장, 한복선 식문화 연구원장, 문파문인협회 회원
저서 : 시집『밥 하는 여자』,『조반은 드셨수』
공저『바쁜 웃음꽃』외 다수

# 우거지 지지미

열무 배추 지시래기 모아 말렸다
알뜰하게 만든 찬 우거지 찌개
자작자작 지지니 지지미 되네
된장 맛 어우러져 구수해지니
어울렸던 동무들 부르고 싶다

여고 시절 소풍날 흑백사진 친구들이 활짝 웃고 있다
할머니 되어 찜질방 분홍 옷 입고 우정을 말하는데
친구들의 생로병사
이별의 죽음이 무엇인지 실감하며
우거지 같은 알뜰하고 구수한 날들에
침묵한다

# 찹쌀떡

차아아압 싸알 떡어어억
따아악 따아악 야경 소리
귀마개한 기운 솜옷 추운 겨울
사대문 덜거덩 닫히고 장안은 고요해진다
시간의 바다는 물결처럼 멀리 가까이
해와 달을 띄우며 몽롱한 어지러움
인연의 시간를 안는다

42년 전 눈발 날리던 오후
검은 머리 파뿌리 되고
쫄깃한 찹쌀 궁합 되라는 주례의 긴 말씀
하객들 찹쌀떡 먹어주며
그날을 추억하며 저마다 오늘을 산다

오늘 결혼기념일의 만찬은
찰밥이 덜 으깨진 구수하고 달콤한
당신 가슴속 어머니의 찹쌀떡

# 사진 속 음식

사진기가 운감한 음식은 맛이 없다
정교하게 아름답게 생생하게 찰칵
순간 혼을 빼앗겨 먹을 것이
책 속에 죽었다

사진기가 없던 때
옛 궁중 음식 떡 과자도 품위와 냄새 맛도 없이
글과 그림으로 책과 화폭 속에
생명 없이 남았다

음식은 자연의 생명 몸과 마음
내가 살아있다는 것은 축복이지만 너의 죽음이다
창조주의 신비 속 감사이며 감추어진 무자비다
무한 생명 혼불은 하늘로 날아가고
너의 죽음이 내 몸에 들어 흙이 되다

# 미끄럼 타는 접시

맹추위에
아버님 생신날
대청마루에 교자상 쭉 펴고
진수성찬을 올린다

잔치에 빠져서는 안 되는 잡채
한 양푼 무쳐서 접시에 담아 올리면
식어가는 갈비찜과 함께
물행주질한 상 위에서
주루루 미끄럼 탄다

대청마루 한켠에 구두 짝 올라 있다
어젯밤 서울서 온 아들
돌아갈 때 발 시릴까
어머님 사랑이다

옛날엔 그렇게 추웠다
문고리가 척척 손에 붙던 겨울

# 홀씨 고사리

태초에 하늘과 땅
일이어만 년 후 고사리 공룡이 화석 됐다
오늘 늦봄 들판에 고사리손으로 다시 돋아난 너
홀씨로 풍성히 살고 사는
우리나라 홀어머니

연한 순 꺾어 말려두고 불려 삶아 우려서
다진 마늘 넉넉히 넣고 청장으로 간간히 무쳐 볶아
푹 뜸 들여낸 고기반찬 같은 오랜 나물
구수하고 쫄깃한 고사리나물
최초의 식물 갈색의 빛 오래 씹는다

1968년 제주 서귀포 친구 집
그 어머니 화산재 묻힌 귤밭 가꾸시고
밭 한 귀퉁이 똥돼지도 키우신다
삶은 돼지고기 밀가루풀 넣어 갈죽하게 끓여주신
억척 어머니 토속 고사리 국

# 장명순

눈으로 보는 것도 아름답지만
마음으로 보는 것, 더 아름답습니다

빨래 내음 | 파란 눈의 나무 할아버지
텅 빈 주차장 | 팔순의 향기

『문파문학』수필 신인상 등단
기독교 문예창작회 회원, 한국문인협회 회원
국제 펜클럽 한국본부 회원, 신시문학회 회원
공저 『바람엽서』,『바쁜 웃음꽃』,『미끄럼 타는 접시』외 다수

# 빨래 내음

금년, 2015년 음력설 연휴는 유난히 공허하며 길고도 지루했다. 언제부터인가 정부시책으로 우리 시대 최 씨 가족은 일찍 양력설로 바뀐 지 오래다. 이른 오후, 멀리 내려다보이는 음산한 도시의 풍경을 바라보며 어느덧 남산 산책로를 향해 걸어가고 있다. 머릿속에는 쓰다 만 글의 내용들이 정돈되지 않아 갈팡질팡, 발걸음이 개운치 않던 차에 문득 뭔가 떠오르는 게 있다. '이불 홑청 빨아야지.' 재촉하는 발걸음으로 집으로 되돌아왔다.

분주해지는 오후다. 집에 오자마자 주섬주섬 이불 홑청을 세탁기에 넣어 적당한 세제를 넣고 돌리기 시작한다. 돌아가는 세탁기는 지루한 오늘을 말끔히 잊게 해주며 새로운 기분 전환점을 마련해주는 고마운 동반자다. 오십여 년 전만 해도 손으로 빨래를 했던 기억이 엊그제만 같다. 특별히 부피가 큰 이불 홑청 같은 빨래는 주부들의 힘겨운 노동의 일과이기도 했다. 하지만 세월이 흐르는 동안 세탁기는 소모품이 아니라 없어서는 안 될 고마운 필수품 중 하나가 되고 있다. 세탁기는 지정된 눈금에 따라 빙글빙글 돌아가면서 찌든 때를 비벼가며 깨끗하게 빨고 있다. 마치, 나의 삶에 마디마디에 끼어있던 아픔이나 고통, 끊임없는 집착에서 허덕이던 나날들을 말끔히 씻어주는 듯, 사이클에 맞춰 계속 돌아가고 있다.

빨래를 말릴 때 전에 빨아두었던 봄 이불 홑청도 함께 넣어 돌렸다. 한 시간쯤 지나 드디어 세탁기는 예정된 시간에 건조 완료 신호를 보내준다. 따끈따끈한 빨래의 촉감은 부드러울뿐더러 햇볕에 말린 빨래 못지않게 뽀송뽀송, 가슴으로 느껴진다. 봄 향기 그윽한 빨래 냄새를 한 아름 안고 창 너머 저 멀리 내려다본다. 몇 달 전, 70대와의 작별로 인한 아쉬움과는 전연 상관없이 나의 살아온 세월이 저만치서 빙그레 웃고 있지 않나. 물론 숫자에 지나지 않다며 넌지시 위로해 주고 있음을 내심 알고 있지만 나이 듦이란, 허무하고 덧없긴 하지만 누구나 한 번쯤, 나의 몫을 살아볼 만한 인생살이가 아닌가.

다, 말려진 빨래 내음은 은은한 향기를 온 집안, 구석구석 풍성하게 충전시켜주고 있다. 그러기에 봄맞이 축제 같은 동기부여를 제공해주는 듯, 무척 따스한 행복감이 스며드는 순간이다. 또한 온갖 감정이 교차하는 오늘의 분주함 속에서도 차분함을 느끼며 아늑한 희열이 살며시 나를 감싸주기도 한다. 그러기에 치유의 효과도 체험할 수 있었기에 일석이조의 만족감이 오랫동안 지속되면 좋겠다. 오늘의 이불 빨래는 지루하고도 길었던 음력설 연휴 동안 일상적이면서도 특별한 하루를 마련해 주었기에 무척 보람 있는 하루를 경험했다. 오늘도 하나님의 은혜 아래, 향긋한 빨래 내음에 취하여 사랑을 느끼고 있기에, 사랑을 먹고 있기에, 사랑을 체험하고 있기에 아직도, 이 밤은 점점 깊어 가고 있다.

# 파란 눈의 나무 할아버지 -천리포 수목원

달력에 빗금 쳐진 오늘(4월 29일), 반복되는 일상에서 벗어나 2대의 차량으로 천리포 수목원을 향해 1박 2일이란 신나는 아침이다. 이달의 마지막 날이 아쉬운 듯, '로고스 큐티(생명의 삶, 묵상 기도)' 회원들은 아이들 소풍이라도 가는 듯, 상기된 얼굴로 와자지껄 입이 귀에 걸려있다. 약 3시간쯤 달렸을 때다. 만리포 해수욕장의 비릿한 바닷바람이 코끝을 자극해 거의 도착했음을 알려준다. 안내 표지판을 따라 시원스레 앞이 탁 트인 광활한 수목원 입구에 도착했다. '세계에서 가장 아름다운 천리포 수목원에 오심을 환영합니다.' 그들만의 각종 방언으로 따뜻한 환영 인사를 한다.

하늘을 찌를 듯, 솟구치는 시원한 분수를 바라보며 심호흡을 깊이 내쉰다. 가슴속 깊은 곳에 고였던 도심 속, 스트레스 찌꺼기를 힘껏 뱉어내니 머리가 맑아지면서 감당하기 힘든 엔도르핀이 마구 쏟아진다. 어느덧 내 영혼이 하늘로 붕 떠 있는 듯한 순간의 환희를 맛보게 된다. 짙푸른 수목원의 울긋불긋 강렬한 인상과 눈 맞춤하며 걷자니 무척 눈이 부시도록 시리다. 그 곁에 대형 목련나무는 세월의 흔적을 그대로 간직한 채 우직하게 버티고 서서 '여러분 기념 촬영하세요.' 그윽한 향기를 품어내며 포스를 취해준다. 우리 일행은 세상근심이란 노예에서 탈출이라도 한 듯, 오랜만의 자유로움을 만끽하며 '

민병갈 기념관'이란 하얀 2층 건물로 들어갔다.

TV를 통해 그의 생애와 수목원에 대한 동영상을 관람한다. 그는 외국인이었지만 한국 사람으로 귀화해 '민병갈, Carl Ferris Miller(1921~2002)'이란 이름으로 살았던 수목원 원장이다. 그는 일생 동안 결혼도 하지 않았다. 아니 못했으리라 생각된다. 오직 나무만을 연구하고 사랑하며 아시아 최초로 세계 12번째, 아름다운 수목원으로 국제수목학회에서 지정받았기에 존경과 경외감을 금치 못한다. 하지만 그의 어머니는 아들의 귀환을 무척 서둘렀지만 끝내 돌아가지 않았다. 애타게 기다리던 어머니와 아들, 모자간의 안타까운 삶은 자식 길러 본 어머니로서 어쩐지 가슴 아픈 연민을 느끼게 된다.

밀러는 부모님 슬하에 삼 남매 중 장남으로 태어났다. 밀러가 열다섯 살 되던 해 아버지가 세상을 떠나셨다. 갑자기 어머니가 가장이 되면서 어린 나이에 양계장 청소를 하며 어머니를 도울 수밖에 없었다. 어렵게 바크넬 대학을 졸업하자 곧바로 코닥 회사에 취직하게 되었다. 어머니가 제일 기뻐하셨으나 사실 본인은 그 회사에 갈 마음이 전혀 없었다. 호기심이 많은 그는 "어머니 저는 콜로라도, 해군정보학교에 가고 싶습니다." 어머니는 기절할 듯이 놀랐다. 하지만 밀러의 고집을 꺾을 수 없기에 드디어 동양어과(일본어)에 입학하게 되었다. 당시에는 일본과 전쟁 중이라 적을 이기려면 적을 알아야만 했기 때문이었을 게다.

하루는 '베른' 교장 선생님이 얼음판 위에서 팽이 치는 그림을 보여주며 "한국 아이들이야." 그리고 초가집, 기와집, 경복궁 사진도 보여 주셨다. 재차 "이 나무 좀 보게." 하신다. 겨울인데도 소나무 잎들이 유난히 파랬으며 초가집은 지붕 선이 부드러워 따뜻한 느낌마저 들어 그 사진에서 눈을 뗄 수 없었다. 밀러는 전에 베른 교장이 하셨던 말씀이 자꾸만 가슴속 깊이 꽂혀와 교육받는 2년 내내 한국, Korea만을 생각하게 되었다.

1945년 일본의 항복으로 세계 2차 대전의 종식을 맛보며 연합군의 중위로 일본을 거쳐 처음으로 한국을 방문하게 되었다. 그 후 북한의 남침, 6.25를 겪기도 했다. 미국 국무성의 귀환 요청에도 불구하고 계속 귀국을 연장하며 한국은행에 취직하여 드디어 본격적으로 한국 생활을 시작하게 되었다. 또한 일찍이 증권에 손을 대면서 꾀 많은 자금을 확보하기도 했다. 틈만 나면 지프차를 몰고 남해안으로 드라이브하며 한국 자연의 아름다움에 매료되어 결국 충남 태안군에 위치한 천리포 수목원을 설립하는 계기가 되었다.

어느 날, 고생 끝에 완도에서 가시가 있는 호랑가시나무와 가시가 없는 호랑가시나무를 교접해 '민병갈 호랑가시나무'를 만들었다. 또한 인공교접으로 탄생한 '큰별 목련'과 '라스베리 편' 그리고 '떡갈나무'도 Carl Ferris Miller의 이름으로 국제식물학회에 등록되었다. 해마다 크리스마스 장식으로 사용했던 빨강 열매가 호랑가시나무라는 사실을 이제야 알게 되어 마음 한구석 뿌듯해진다. 1989년, 밀러는 영국왕립원예협회로부터 비치Veitch 메달을 수여 받기도 했다. 세계의 모든 식물학자들이 받고 싶어 하는 상이기에 더욱 뜻깊은 상이었을 게다. 그뿐인가 한국 대통령이 수여하는 '금탑산업훈장'까지 수상하였으니 수목원의 크나큰 경사를 맞기도 했다.

모진 해풍에도 견뎌내던 짙푸른 소나무와 1만여 종의 식물들, 그리고 이름 모를 많은 수목들은 천리포 바다 풍경에 너무 잘 어우러져 많은 관광객들로 하여금 한 번쯤 가보고 싶은 곳이다. 어쩌면 눈으로 본 것도 아름다웠지만 마음으로 본 것이 훨씬 더 아름다운 여운을 남겨주기에 잔잔한 미소가 지금까지 피어오르는지 모른다. 천리포 수목원은 오랜 세월의 무게를 그대로 간직한 채 Miller 할아버지의 빈자리를 꿋꿋하게 지키며 오늘날 우리에게 크나큰 도전의식을 심어주고 있지는 않을까. 모든 인간이 다 그러하듯, 파란 눈의 민병갈 할아버지도 그의 삶의 뒤안길에서 안식을 누리며 그처럼 사랑했던 천리포 수목원을 고즈넉한 눈빛으로 내려다보고 있을 게다.

# 텅 빈 주차장 -보스턴 케임브리지

　　4시간 남짓 달렸을까, 어느덧 유유히 흐르는 보스턴의 젖줄, 역사적인 찰스 강의 힘찬 환영을 받으며 케임브리지에 접어들었다. 차창 밖의 늦가을 바람결이 나의 머릿결을 세차게 흩뜨리며 잠시 동안 넋을 잃은 채 예약된 작은 호텔에 체크인했다. 손녀딸을 만나기로 한, 시간의 여유로움에 호텔 가까운 거리를 잠시 거닐어 본다. 11월 중순, 늦가을 비에 흠뻑 젖은 빛바랜 낙엽들이 바람 따라 이리저리 무겁게 나뒹굴며 바야흐로 가을의 끝자락임을 암시해준다. 십 년이면 강산도 변한다는데 거의 25년 만의 방문이니 낯선 방문객이 환영받는 기분이다. 딸의 말에 의하면 "박사 과정 기숙사의 전용 주차장이 텅 비어 있어요." 운전하며 무심코 내뱉은 말이 자꾸만 뇌리에서 떠나지 않는다.

　보스턴 케임브리지는 남녀 할 것 없이 젊은이의 바쁜 발걸음은 모두 활기차 보이며 글로벌 시대, 창의적인 학문의 도시임을 직감할 수 있다. 오늘은 나에게 특별한 날이다. 프린스턴 대학교를 마치고 하버드 대학교 박사 과정 중인 손녀딸(22살) 유현경이 우리 모녀를 초대했기 때문이다. 그러기에 벅찬 기쁨의 재회를 나누고자 단숨에 달려온 것이다. 하지만 뉴욕에서 보스턴까지 그리 가까운 거리는 아닌 듯싶다. 약속 시간이 되자 현경이가 불쑥 나타났다. 약간 피곤해 보이지만 어리광기 묻어나는 생글생글 웃는 모습은 여전히 예전이나 다름없다. 작년보다 키도 컸으며 무척 성숙해 보이지만 생각밖에 그의 옷차림은 너무 검소해 보인다. 우산도 쓰지 않고 부슬비를 흠뻑 맞으며 15분 동안이나 걸어왔다는데 괜스레 측은한 마음 가득하다. 어린 나이에 놀고 싶기도 할 텐데, 공부에만 열중한 모습을 알아챈 나는 얼른 손을 맞잡고 안아줬다.

저녁 식사를 위해 예약된 어느 불란서 레스토랑에 들어서니 불어를 하는 사람들로 만원이다. 테이블마다 와인과 함께 왁자지껄하는 모습은 예나 지금이나 패기 넘치는 케임브리지 젊은이들의 심장 박동 소리임에 틀림없다. 좀 전에 비 내리는 어수선한 거리와는 전연 다른 세계에 와있음을 피부로 느낀다. 테이블 위에 내리비추는 은은한 조명은 우리 세 모녀의 대화 속에 살그머니 끼어들어 사랑의 물보라를 일으키며 행복한 순간을 제공해 준다. 이처럼 상기된 분위기 속에서 세상 근심 다 잊어버리니 시계를 1시간쯤 뒤로 돌리고 싶은 마음 간절한 순간이다.

박사 코스 학생들은 거의 자녀가 하나, 둘 있는 사람들이라 한다. 혹 대학원 마치고 곧바로 온 사람은 25세쯤 되는 미혼이란다. 그러니 현경이는 박사 과정 최연소자다. 처음엔 어린애 취급하는 눈치였으나 지금은 아니라고 단호하게 말한다. 왜냐하면 엊그제 시험에 A+를 받았기에 더욱 그렇다 한다. 그렇게 되기까지 얼마나 많은 밤을 지새웠을까, 생각해보면 마음이 측은하기만 하다. 하지만 하버드 대학교 장학생이기에 더욱 마음 뿌듯하고 자랑스러운 나의 손녀딸이다. 급변하는 세상 속에 언젠가 전공(불란서 철학)이 또 바뀔지 모르지만 현재의 눈높이에서 글로벌 시대를 향해 열심히 공부한다고 한다. 이렇듯 이론적이며 재치 있게 설명하는 그의 눈빛 속에 장차 그의 밝은 미래가 훤히 보이는 듯하다.

어느덧 현경의 기숙사에 도착했다. 듣던 대로 주차장이 텅 비어 있지 않나? 무슨 연고인지 물어보았다. "박사 코스 공부하는 분들은 거의 차가 없어요." 손녀딸의 설명이다. 걸어서 15분, 20분이면 학교인데 오히려 차가 있으면 불편하다고 한다. "주차하는 시간이 아까울뿐더러 비용도 만만치 않기에 차를 소유하지 않아요." 손녀딸은 당연하다는 듯, 열기를 띤다.

텅 빈 주차장을 드나드는 발걸음에서 이 나라와 세계를 이끌어갈 지도자가 나올 것이라는 확신에 그만 머리가 숙연해진다. 우리나라 속담에 '벼는 익을수록 머리를 숙인다'를 떠올리며 손녀딸을 물끄러미 바라본다. 바라보면 바라볼수록 검소하고 겸손한 그의 자태는 순수하고 아름다워 고귀하게 보인다.

밤을 지새우며 "공부하기 힘들어도 내 주변에 교수님과 사랑하는 가족과 친구가 나의 가치를 인정해 주셔서 감사하고요.", 또한 "애정 어린 관심으로 응원해 주기에 크나큰 기쁨과 용기를 얻을 수 있어요." 현경이는 할머니인 나에게 눈을 마주치며 열심히 설명한다. 나는 손과 손을 마주 잡고 하나님께 기도하자고 했다. 하버드 대학교의

많은 영혼들을 위해서, 특별히 지혜로운 둘째 딸인 호원을 위해서, 밤 새워 박사 공부하는 손녀딸, 현경의 장래를 위해 마음속 깊은 곳에서 솟아나는 진심어린 기도를 올려드렸다. 텅 빈 주차장은 지구촌에서 모인 박사 과정 학생들에게 많은 의미를 부여해 주고 있는 듯싶다. 계속 내리는 부슬비에 흠뻑 젖은 넓은 아스팔트 주차장은 희미한 가로등 불빛 아래 여전히 반짝반짝 빛나고 있다.

# 팔순의 향기

아파트 '조스튜디오'에서 팔순, 기념 촬영을 한다. 거울을 유심히 들여다보니 11년 전 돌아가신 어머니가 거울 속에서 빙그레 눈 맞춤한다. 거울 속에 나이 든 낯선 모습은 어머니를 쏙 빼닮은 내가 아닌가. 어느덧 70대와의 작별을 아쉬워하는 현실이 마음을 어둡게 하는가 하면, 불현듯 기척도 없이 찾아온 팔순이란 신호가 부정할 수 없는 연민을 느끼게 한다. 나이 듦이 허무하고 덧없긴 하지만 입가에 새겨진 삶의 흔적들을 떳떳하게 내 앞으로 펼치고 싶다. "내 인생의 주인이 되어 숱한 희로애락을 겪으며 성장해온 팔순이여! 고맙습니다." 목청껏 응원해주고 싶은 뜻깊은 날이다.

'팔순인데 좀 쉬면서 하세요!' 누군가 내게 속삭인다. 설령 그 말이 옳다 한들 내 관심 영역 밖의 조언이라 인정하고 싶다. 남편의 내조와 7남매의 양육, 자녀들의 결혼이란 대사를 치르며 거의 나이를 잊고 살아온 것은 사실이다. 문득 뒤돌아보니 어느덧 머리가 반백이다. 그럼에도 불구하고 문학창작 수필 공부와 교회 새벽기도 커피 봉사를 시작한 지 꽤 오래다. 지금으로부터 17년 전, 1998년에 새문안 교회 언더우드 음악원 1기생으로 수료하기도 했다. 하지만 요즘 재등록해 교회음악사, 음악이론, 성악 등을 다시 공부하며 나름대로 바쁘고 즐겁게 삶의 에너지를 재충전하고 있다. 다행히 내가 할 수 있는 것만 선택해 일정한 목표를 향해 몰두할 수 있어 무척 다행이라 생각된다.

지금까지 세상을 머리로만 알려고 했던 것들을 이젠, 가슴으로 느껴보고 체험하고 싶은 그런 나이가 되었기 때문일 게다. 거역할 수없는 빠른 세월 속에 아름답게 '나이 듦'의 진실을 기꺼이 받아들이며 인생이란 지금부터야! 남들은 대스럽지 않겠지만, 나에게는 큰 의미를 부여하고 싶은 뜻깊은 순간이다. 어느 날, 사람의 수명과 비슷한 독수리의 우화를 읽은 적이 있다. 독수리가 삼십 년 넘게 살면 부리가 무뎌져 목을 찌르고, 날개의 깃털이 무거워 높이 날지 못한다. 또한 날카롭게 자란 발톱이 살 속을 파고들어 죽음을 직면하게 된다. 그러기에 아픔을 참고 암벽에 부리를 수없이 쪼아대며 무딘 발톱과 무거운 깃털도 다 뽑아내어 새 부리와 새 발톱과 새 깃털이 자라서 날갯짓을 할 때까지 참고 기다려야 한다.

마치, 독수리 우화는 나의 인생살이를 연상하게 된다. 젊어서는 부모님 슬하에서 교육받고 가정도 이루고 나름대로 주어진 혜택을 누리며 삼십여 년 동안 성장해 왔다. 누구나 결혼하면 자녀를 두게 마련이지만 유난히 딸을 많이 낳다 보니 여섯 번이란 산고의 고통을 경험하기도 했다. 또한 담석증으로 인한 복통으로 복강경 수술까지 받으며 엄청난 병고도 겪었다. 십여 년 전, 사랑하는 부모님과의 이별로 이제 내가 최전선에 홀로 서 있다는 외로움도 느끼게 된다. 이처럼 만만치 않은 사회, 경쟁의식 속에서 수많은 시행착오를 겪으며 매일 연속되는 오늘이라는 높다란 벽에 부딪히기 마련이다. 하지만 그 힘든 고난의 과정을 인내하고 기다리며 지혜롭게 도전한다면 결코 절망적인 벽이 아니라 소망의 문으로 바뀌지 않을까

구약 성경, 시편 73:26의 말씀, '내 육체와 마음은 쇠약하나 하나님은 내 마음의 반석이요'. 사무엘 상 3:11의 말씀, '사무엘 선지자는 하나님이 여러 번 부르신 뒤에야 (노년기) 비로소 그의 음성을 알아챘다'는 내용이다. 비록 내 몸도 날마다 노쇠해 가지만, 내 마음에 반석이신 하나님께서 "장명순, 너 지금 어디 있느냐?" 부르신다면, "네! 팔순의 문턱에서 은혜의 삶을 체험하며 열정적으로 살아가고 있습니다." 주저 없이 대답할 수 있도록 깨어 기도해야 한다. 부모님이나 친지들이 나를 부르는 것은 나와 상관이 있거나 필요하기에 부르는 것처럼 말이다. 그 희망의 부르심은 나의 나른하게 잠자고 있던 내 영혼을 흔들어 두드려주는 것 같다.

물론 나이는 숫자에 불과하다 하지만, 내 의지와는 상관없이 바람결에 실려 온 팔순의 향기, 있는 그대로 받아들이며 창 넘어 멀리 자연의 멋진 풍경을 내려다본다. 사물의 시야가 넓어지면서 나이 듦의 방향을 인식하며 노년기의 향기를 하나씩 스케치하고 싶다. 남은 세월, 아름다운 팔순의 분기점에서 소외 된 자를 위해 기도하고, 열정적으로 봉사하며, 매사에 감사하며 하나님과 동행하는 삶이 되기를 소망하며 "하나님! 나에게 이처럼 '아름다운 인생'을 선사해 주셔서 감사합니다." 고백한다.

오늘은 내가 즐겨 찾는 카페, '코나 헤븐'에 들려 엑스트라 펜시extra fancy를 음미하고 있다. 목젖을 타고 내리는 새콤달콤 구수한 천상의 향은 내 영혼 깊숙이 파고들어 조용히 귓속말을 한다. '팔순의 향기가 있기에 내가 있거든요!' 거울 속에 비친 팔순의 낯선 연민과 함께 인생 마지막 산책을 멋지게 장식해야 되지 않을까.

# 김현찬

사람을 가장 아름답게 만드는 사랑
영혼의 가장 깊은 곳에서 흘러내리는 샘물
어두운 마음을 밝게 비추어 주는 햇빛 되리라

배롱나무 아래서 | 가을 바라기 | 지난 가을의 전설
비에 젖은 꽃잎 | 꽃잎 모으는 바람 소리
겨울과 봄 사이 | 아이리스

PROFILE

한국문인협회 회원, 문파문인협회 회원, 국제펜클럽 한국본부 회원
현대수필문학회 회원 · 이사, 신시문학회 회원
보타니칼 아트(한국식물화가협회) 회원
저서 : 공저 『바쁜 웃음꽃』 외 다수

# 배롱나무 아래서

장마가 끝날 때쯤
여름 더위와 땡볕도 좋아
빛바랜 분홍 저고리 너털거리며
초가을 이르도록 피고 지고
열매 맺어 무르익는 그날까지

단순하고 수수한 모양새
장미 백합만큼 화려한 향기 없어도
품격은 화목구등품제花木九等品第
화무십일홍花無十日紅이 무색한 자태

길가 한해살이 백일초 피고 지고
목백일홍 충절과 청렴의 화사함 떨치고
껍질 벗겨내며 추위에 떨어도
떠나간 님 그리워 사랑과 굳건한 의지

흰배롱 수다스러운 웅변 속 환상의 나래로
앙상한 가지 늦봄에야 새순 내밀고 나와
한여름 지키며 행복과 꿈을 펼쳐 보이네

*배롱나무 꽃말 : 부귀, 떠나간 벗을 그리워함.
흰배롱나무의 꽃말은 '수다스러움, 웅변, 꿈, 행복'

# 가을 바라기

자유로운 영혼
사방 울어대는 매미 소리
짝을 찾은 듯한 새소리
향기 품고 오는 소리
가랑가랑 빗방울 대지를 보듬어
무더위 속 품고 있던 오색 속살 드러내고
하늘빛 포도알만 한 희망 담은 은행 굴러
고엽 사이로 근심들도 떨구어 내고

고운 숨결 고운 자태
바람이 차르르 한 호흡 가다듬고
담장 위 옛사랑 그리워 검붉게 영근 대추
낡은 벤치 위 부지런한 낙엽 하나
포물선 그리며 떨어뜨린 소식 안고
따가운 햇살 속으로 녹아드는 곳
맨드라미로 피어나리라

봉숭아 꽃물 들이며
첫눈 오면 그 사랑 이루어지리라
찬 서리 어서 가자고 미련 끌며 재촉하는데
풍요로운 가을이 좋아라

# 지난 가을의 전설

그해 가을은 추웠다네
초가을부터 서리가 하얗게
이상 기온으로 온몸이 부르르
국화도 꽃을 피울 수 없었다네
비바람은 왜 그리 사나웠는지
지팡이가 후들거려 걸을 수 없었다네
마중 나온다던 아이도
사나운 날씨 집 안으로 숨었는지
안개길 더듬으며 허공을 쳐도
집은 없고 소나무 가득한 숲길
숨을 몰아쉬며
목도 마르고
어차피 홀로 가야 할 길
가슴에 용솟음치던 실핏줄 엉키어 가네
뒤돌아보는 길 아직 오색 단풍인데
서 있는 곳엔 찬 서리 살얼음 가득하네


지난 시월 마지막 밤은 이 세상의 별 보았건만
지난 시월 마지막 밤은 아득한 영혼 그리는 북극성
해마다 시월의 그 밤이 와도 하늘에 전설로 변하지 않네

# 비에 젖은 꽃잎처럼

희끄므레한 늦가을 새벽
찬 서리 시작인 싸늘한 바람 속
새파란 덩굴장미 넓게 퍼져있는 정원
쬐끄만 분홍 장미들이 옹기종기 모여 웃고 있다


군데군데 누렇게 늘어져가는 이름 없는 풀, 풀죽어 가는데
여름내 우쭐대던 이웃 쭉 뻗은 큰 잎 장미는 너덜대는 팔 다
독이며
한두 송이 겨우 가을볕에 여생 지탱하는데
어제 인사하러 잠시 들린 가랑가랑 가을비에 젖어
얇은 옷이라 쬐끔은 나풀거려도
이슬인 양 반기며 초롱초롱 더 새파란 모습으로 새순까지 내
밀었다


철모르는 쬐끄만 분홍 장미 가시도 힘없고 열매 없어도
하얀 겨울 오순도순 모여 새파란 마음은 변하지 않을 거야

# 꽃잎 모으는 바람 소리

세월이 저만큼 밀려갔다고
바람이 시간을 몰고 온다

시간이 안고 온 기억의 그림자
계절로 돌아온 꽃봉오리
가슴에 보듬어 안아도
한 줌의 벅찬 가슴 무너져 버린다

옅은 빛 새털구름
날아가 버린 깃털 하나
붉은 꽃잎 마구 휘날리던 날
세상은 온통 아우성의 협주곡

개울로 흘러버린
사이프러스의 열매
꽃잎은 떨어져도
바람은 여전히 영혼을 부른다

# 겨울과 봄 사이

　　　　머문 듯 가는 세월, 아침이 계절이 어김없이 찾아오면 새 해도 다시 옵니다. 언제부터 시작된 일인지 몰라도 깊어진 겨울과 함 께 새 달력을 준비하고 처음 숫자 1부터 시작되지요. 겨울비 안에 봄 을 깨우는 속삭임의 메아리도 들리면 봄 아지랑이 보이지 않지만 한 아름 안고 오는 임이 그리워하던 그곳, 어느덧 겨울 햇살의 부드러움 이 하품하며 기지개를 켜는 저를 안아주네요.

　사소한 하루하루가 행복의 원천이라고 임의 웃는 얼굴이 감동의 근원이라고 느끼고 성숙해진 지혜와 양처럼 순수한 영혼은 미지의 등불을 켜며 설레던 어느덧 한 달, 한 장의 카렌다도 활짝 열린 마음 으로 사랑이 가득한 그곳. 겨울 축제는 살얼음 에이는 추운 날도 있 지만 예수님의 사랑을 실천하는 마음들이 훈훈해 항상 화려하고도 추억어린 날을 기억하게 하지요.

　영롱하게 흔들거리며 달을 품은 정동진의 밤바다처럼 도시의 반 짝이는 야경을 품은 서울의 달빛처럼- 얼어붙은 수면 위에서도 하 나로 이어집니다. 하얀 아침 살얼음 언 도시 마음의 옹달샘이 되어 향긋한 영혼의 넥타 한 모금은 뜨거운 심장의 원동력이 되고 하얀 세 상 흰 눈꽃 겨울 왕국 수평의 옹달샘으로 임의 마니또는 뜨거운 원 동력입니다. 흰 눈 날리는 하얀 산책길에서 하얀 마음으로 물빛 나는 수채화를 품어봅니다. 따뜻한 마음 가까이 느낄 수 있는 아련히 그곳 보이는 창가에서 겨울 햇빛 그 흔들림 속에 살포시 예쁜 짓 하는 흰 눈들이 깨어나는 아침 기지개 쭉 켜고 지난가을의 속삭임을 생각합니다.

창밖 화려한 축제는 무르익고 만추의 화려한 외출 그리운 것은 모두 달에 있었지요. 보름달 속엔 여름 햇살의 열정과 향기를 품고 불가능한 꿈이지만 나만의 감정과 철학으로 숲 속에서 나를 바꾸게 하는 그곳, 화끈한 가슴으로 포옹하던 길고 뜨거워진 여름도 있었지요. 이글거리는 태양 나만의 여름 왕국이 한줄기 신선한 바람으로 하나 둘 셋 여신의 숨결로 꽃잎들이 휘날리고 새 생명을 잉태하고 사랑을 품은 임의 숨결은 햇빛입니다.

햇살 사이로 바람 따라 휘날리던 꽃잎 낙엽 하나 안개가 되어 열매의 전설로 되돌아오며 가을 여는 소리 들립니다. 신선한 바람 따라 마중 나온 귀뚜라미 귀뚤귀뚤 잔잔한 물결 따라 단풍 아래 다람쥐 졸졸 똑똑똑 열매 모으는 소리.

사악사악 어디선지 낙엽 쓰는 유쾌한 아침 어느덧 살금살금 겨울 오는 소리 들리는 듯한 상쾌한 아침 낙엽 향내 맡으며 고엽들 사이로 근심도 떨궈내듯 가로수 그늘 아래 발밑에 뒹구는 낙엽.

어찌 지내십니까? 조용한 섬에서 일기를 쓰시나요, 불사조의 노래를 들으시나요, 나만의 사색과 감성이 흐르는 곳. 잿빛 하늘 촉촉이 내리는 늦가을 비, 감미로운 팝송, 한줄기 따뜻한 차 향기가 그리워집니다.

가을을 남기고 떠난 자리 어서 가자고 세월이 남은 가을에게 재촉하며 비가 내립니다. 가을 동화 주인공이 된 그 숲길 쏟아지는 햇살과 하나가 되어 가을을 남기고 떠나와 또 다른 가을의 전설을 남기었지요.

잿빛 하늘 열리고 하얀 눈이 내립니다. 점차로 변화무쌍해 보이던 새로운 하늘이 오늘은 함박눈을 내려 그동안의 전설은 덮으려나 봅니다. 겨울축제는 나무들 새 생명의 열매를 주렁주렁 나눠주며 힘겨웠던 거추장스러운 옷을 벗어버리며 시작합니다. 저마다 벗겨진 잎들은 내일의 새순을 위해 포근한 이불로 메마른 땅에 스며들 겁니다. 헐벗고 굶주려 큰 기침하던 바람도 어느새 겨울잠에 빠져 유난히 길게만 느껴지는 폭풍 한설로 마무리합니다.

이런 날은 깍쟁이 같은 현대식 건물보다 장독대마다 소복한 시골집 모락모락 연기 나는 굴뚝 군불 때는 아궁이와 따끈한 아랫목, 군밤 고구마 구워 먹던 화로 생각이 더 그립습니다. 겨울 장작 가득 쌓아둔 그 모습이 왠지 혹한의 겨울을 더 잘 이길 것 같은 생각입니다.

온 세상 폭신폭신한 솜이불로 덮이고 가지마다 흰 눈 꽃송이 비누거품처럼 가지들 어루만지며 스러질 때 가장 아름다운 당신은 겨울을 남기고 떠난 자리 감성의 마음으로 돌아오겠지요. 눈 속 가지마다 숨은 봄눈이 땅속 깊은 속에 조잘대던 시냇물이 준비된 아지랑이로 피어오를 시간입니다.

당신에 의한 당신을 위한 당신을 향한 유쾌한 아침입니다.

달콤한 향기가 기다리는 그곳.

머문 듯 가는 세월 겨울비 안에 봄을 깨우는 속삭임의 메아리가 들린 듯합니다. 봄 메아리 한 아름 안고 오는 임이 그리워진 그곳, 새봄이 오면 새순이 돋아나듯 새롭게 시작되겠지요.

# 아이리스

어릴 때 정원에 꽃들이 많아 담장에 덩굴장미가 가득할 때면 지나가던 사람이 꽃을 얻으러 들어왔고 화원이 없었던 초등시절엔 환경미화를 위해 언제나 꽃 당번을 했다.

지금은 거리가 온통 건물 투성이니 꽃이 많은 개인 주택을 보면 그 시절이 그립고 어머니가 원하던 앞마당 넓은 전원주택에 살고 싶기도 하다. 꽃을 좋아해 아파트 베란다에 기르면 흙투성이가 되어 정원에서 자연스럽게 철 따라 피고 지는 꽃이 더 정겹고 그리워진다. 글 쓰고 그림 그리면서 살아있는 모든 것 아니 무생물체도 소재가 되니 새삼 세상에 귀하지 않은 것이 없고 버릴 것이 없다.

아이리스 꽃 알아요? 왜 유독 그 꽃을 선택했는지 내게 관심 있던 어떤 사람이 물었다. 그때 우리 이름으로 붓꽃은 알고 있었지만 그 꽃이 아이리스인 줄 몰랐다. 남자인데도 '난 그 꽃이 참 좋더라구요.' 무어라고 대답했는지 잊었지만 때가 3월이었는데 화원이 많지 않아도 아이리스를 찾아다녔다. 지금처럼 온실 꽃이 나오지도 않으니 모두 퉁명스런 대답이었다. 후에 알고 보니 나도 좋아했던 수선화처럼 좀 추상적인 매력 있는 붓꽃이다. 동양화에서 제일 먼저 배우는 사군자 난잎 치기를 하며 또 한 번 매력을 가졌던 그 집안들, 화투에선 5월의 꽃으로 소개되는 프랑스, 요르단 국화도 아이리스라고 한다.

아이리스 꽃말은 기쁜 소식, 신비로운 사람, 존경, 아름다움을 가지고 있는 사람이다. 전설은 유럽 이탈리아에 명문 귀족 출신으로 착한 마음씨와 성품을 지닌 '아이리스'라는 미인이 있었는데 그녀는 로마의 왕자와 결혼했으나 왕자가 병으로 세상을 떠났다.

홀로 남은 아이리스에게 청혼하는 이는 많았으나, 아이리스는 항상 푸른 하늘만 동경하며 응해주지 않았다. 어느 날, 산책길에서 젊은 화가를 만났는데 아이리스를 사랑하게 되어 청혼했고, 화가의 열정에 감동한 아이리스는 '살아있는 것과 똑같은 꽃을 그려주세요'라고 했다. 화가는 온 열정을 쏟아 그림을 그려 아이리스는 훌륭하고 아름다운 그림을 보고 감동했으나 이 꽃은 향기가 없다며 문제를 삼았다. 그 순간 노랑나비 한 마리가 날아와 그림 속 꽃에 내려앉았다. 아이리스는 감격하여 화가에게 안겼다. 이후 푸른 하늘빛의 꽃, 아이리스는 그들이 처음 나눈 키스의 향을 그대로 간직하여 지금도 꽃이 필 때 그윽하고 은은한 향기를 풍긴다고 한다.

그리스 신화에서도 등장하는데, 원래 무지개 여신의 이름은 '이리스Iris'에서 나온 말로 이리스는 하늘의 신인 제우스와 땅의 신 헤라를 이어주는 무지개라는 뜻이란다. 하늘과 땅을 연결하는 여신의 이름을 땄기 때문에 아이리스의 꽃말 역시 '좋은 소식' 그리고 '사랑의 메신저'라고 한다. 옛날 하늘 신에게 아이리스라는 어여쁜 딸이 있었다. 그리스 최고의 여신 헤라는 아이리스를 예뻐해 자기의 시녀로 삼았는데 헤라의 바람둥이 남편 제우스가 아이리스에게 마음이 끌려 유혹하려 했는데 영리한 아이리스는 제우스가 유혹하려 할 때마다 핑계를 대며 그 자리를 피했다. 헤라는 그런 아이리스가 더욱 사랑스러워 무지개를 그녀의 목걸이로 선물하며 이 무지개로 다리를 놓아 하늘을 건널 수 있도록 했으며 향기로운 입김을 세 번 뿜어 축복해 주었다. 그때 입김에 서린 물방울이 땅에 떨어져 꽃창포가 되었다고 한다. 창포와 붓꽃은 우리나라에도 종류가 많다. 모두 붓꽃과로 여러해살이풀이며, 꽃은 5~6월에 줄기 끝에서 2~3개의 청보라색 꽃이 피며, 꽃은 하루가 지나면 시들게 된다. 붓꽃은 꽃이 피기 전 꽃봉오리 모습이 먹물을 머금은 붓과 같다 하여 붙여진 이름으로 아이리스, 동방에선 창포, 수창포, 창포붓꽃 등으로 불린다. 서양에서는 잎이 칼을 닮았다 하여 용감한 기사를 상징하는 꽃으로 알려져 있고, 붓꽃은 이집트 벽화에도 나오며, 프랑스의 국화는 붓꽃의 일종으로 루이 왕조가 문장으로 사용했었다.

붓꽃의 서양 이름은 '아이리스Iris'이다. 실제로 우리가 아이리스라고 부르는 것은 그리스 인들이 '히아킨토스'라고 부르던 것으로, 그것은 두 가지 신화를 가지고 있다. 하나는 히아킨토스의 피에서 생겨난 것이고, 다른 하나는 그리스의 전사 아약스의 피에서 자기 의지대로 솟아 나온 것이다. 전설에 의하면, 트로이의 파리스 왕자가 아킬레스를 죽이고 난 뒤, 오디세우스는 아킬레스의 무기를 걸고 벌인 승부에서 아약스를 이겼다. 그의 패배는 자신만만했던 아약스를 절망의 구렁텅이로 몰아넣었다. 그는 한 무리의 양 떼를 그리스의 적이라고 상상하고 모조리 살육한 다음, 스스로 목숨을 끊고 말았다. 그리고 그의 피로 젖은 대지에서 '히아킨토스'라는 꽃이 피어나고, 그 꽃잎에 '아이씨'라고 하는 비탄의 글자가 새겨져 있었던 것이다.

일반적으로 붓꽃류의 식물을 두고 창포나 아이리스라고 부르기도 하는데, 사실 단옷날 머리 감는 창포와 붓꽃류는 전혀 다른 식물이며, 아이리스란 서양 이름은 세계가 함께 부르는 붓꽃류를 총칭하는 속명이라고 한다.

민간에서는 뿌리줄기를 피부병, 인후염 등에 사용하며, 뿌리줄기는 주독을 풀어주며, 폐렴과 피부병에 약효가 있다. 청색 염료의 원액이며, 제비꽃과 비슷한 향이 나기 때문에 이탈리아의 피렌체 지방에서는 향수의 원료로 쓰이기도 한다.

꽃 그림을 그리면서 뒤늦게 만물이 서로 공존하며 모두 필요한 생명체임을 거듭 실감하게 한다. 사람은 만물의 영장이지만 전설 속에서 그들은 같은 삶을 살고 있다는 생각이다. 꽃의 모양도 같은 것이 없듯 사람의 모습도 비슷하지만 다른 모습을 하고 있다. 불가의 윤회설도 맞는 것이라면 이런 전설이 재미난 윤회설일 수 있을 것 같다. 그래서 식물에게 말을 걸기도 하고 구박하거나 귀하게 대하면 식물들도 그에 반응한다고 하는 학설이 재미있다.

사람과는 말이 안 통하는 동물도 그들에게 약과 해가 되는 식물을 가려서 먹을 줄 아니 참 신기하고 이런 자연 식물도 사람들에게 약재가 되기도 하니 같은 삶을 살고 있다는 말이 맞다.

자연은 모두 공존하며 같이 호흡하고 있으니 신비스럽다. 지금 꽃들의 품종도 과일처럼 개량 품종을 만들고 있어 원래의 모습이 없어질까 걱정스럽다. 다행히 풀꽃들은 선택되지 못하여 잡풀처럼 뽑혀져 멸종되기도 하고 이름 없는 꽃들도 많지만 생물에 관심을 갖다보니 모두가 귀하게 보인다. 꽃보다 00, 꽃보다 pp, 라는 제목도 있지만 세상엔 꽃보다도 못한 사람들이 많다. 마지막 잎새에 나뭇잎처럼 위로의 대상도 되고, 문병 갈 때나 중요한 행사에서 꽃다발이나 화초는 빠뜨릴 수 없는 소재이기도 하다. 세상에 쉬운 일 없다고 하나 꽃 그림도 세밀하게 그리자니 저마다 잎맥과 꽃술과 꽃차례, 꽃잎의 주름까지 오히려 인물화도 그 사람의 마음을 느껴야 하지만 보다 더 어렵게 느껴진다. 전설도 많고 모두가 전설을 가지고 있고 이름에도 이유가 있어 하나하나 그리면서 내가 꽃이 된 듯 그 속에 빠져든다.

# 김교숙

노오란 은행잎을 밟으며 또 한 해를 보낸다

동유럽 여행 | 봄을 맞으며 | 터닝 메카드

경북 봉화 출생, 신시문학회 회원
저서 : 공저『바쁜 웃음꽃』

# 동유럽 여행

~ 프라하에서 ~

여행 일정을 5월 10일부터 5월 23일까지 프라하, 찰스버그, 비엔나, 부다페스트로 정했다. 그동안 미국 여행은 두 번했었지만 유럽 여행은 처음이다. 특히 이번 여행은 우리 부부와 미국에 사는 시누이 부부와 함께 자유 여행을 계획했다. 출발 전 약 3개월간 사전 준비를 하였다. 우선 짐 줄이기, 방문지 역사 공부하기, 체력 보강하기를 주로 연마했다. 그리고 동유럽 3개국 책을 사서 공부도 많이 했고 특히 시누이는 이메일로 우리 부부를 역사 공부 테스트도 시켰다. 문득 중고등 시절 세계사 시간에 선생님 강의 안 듣고 졸았던 것이 새삼 후회되었다. 지금 이 나이에 외워보려고 하니 도대체 머리에 입력이 되질 않는다. 한강에 나가서는 꾸준히 걸었다. 이번 여행기는 우리 부부가 유럽에 가서 보고, 느끼고, 생각했던 것들을 손주들에게 할머니가 옛날얘기 하듯이 오손도손 전해주는 마음으로 쓰고자 한다. 실수를 하였거나 무언가 부족했던 점을 기록에 남기고 싶다. 사진도 많이 찍어서 컴퓨터에 저장하고 글도 함께 넣고 싶다.

드디어 5월의 맑은 날씨 속에 11시간 비행 끝에 체코슬로바키아 수도 프라하 공항에 무사히 도착했다. 비행기에서 내려다보는 경치는 먼 산들이 편안하게 자리 잡고 있고 땅에는 노란 꽃들이 평야를 이루고 있다. 내 마음속 깊은 곳에서 탄성이 터져 나온다. 프라하 날씨는 한국보다 2~3도 정도 낮은 편으로 공기는 아주 맑다. 공항에서 약속 시간에 시누이 내외를 만나니 이루 말할 수 없이 반가웠다. 가족이라서 더 반가웠다. 자! 이제 여행을 시작할까요? 우리는 자유여행이다 보니 가이드도 없고 모든 것을 스스로 해결해야 한다. 시누이 내외는 미국에서 오래 살았으니 영어는 막힘이 없을 테고 남편도 외국인과 대화는 어려움이 없다. 나 혼자만 영어를 잘 못한다 그래서 정신을 똑바로 차리고 일행을 잘 따라다니면서 눈치껏 행동하라고 동생이 주의를 줬다. 호텔은 한국에서 이미 예약해놓았으니 찾아가서 체크인하고 바로 저녁을 먹으러 나갔다. 우선 중국집을 찾아서 요리 몇 가지와 볶음밥으로 배를 채웠다. 식사 후 지하철Metro 타고 번화가에 가서 카를교와 프라하의 야경을 보고 호텔로 돌아왔다. 정말 서울과는 비교할 수 없는 도시 건물이 웅장하며 오래된 역사 속에 옛 성들이 조화를 이루고 있다. 뾰족한 탑들이 시가지 전체를 수놓은 듯 하늘을 찌르고 있다. 일명 '100탑의 도시'라고 불려지고 있다. 구 시가지 전체가 세계 문화유산이란다.

우리 내외가 묵은 방은 5층인데 엘리베이터가 너무 작아 혼자서 짐 가지고 타면 꽉 차서 두 명도 간신히 탄다. 몸과 몸이 밀착되어서 나는 웃었다. 이렇게 작은 엘리베이터는 난생처음 봤으니 말이다. 대부분 오래된 석조 건물인데도 깔끔하면서 정돈되었다. 유럽의 역사가 느껴진다. 복잡한 서울 도시의 현대식 빌딩과는 비교가 되었다. 순간 내 마음도 반뜻해지는 것 같았다. 호텔 방 창문 윗부분이 벌어져서 이건 고장 난 건데 왜 빨리 고치지 않고 그대로 두는가? 하고 혼자 불평을 하였다. 저녁때가 되어도 그대로이고 다음 날도 또 그대로 방치돼 있길래 얘기를 하려고 했다. 알고 보니 그 창문은 환기를 위해서 원래부터 설계된 것이라는 것이다. 앞으로 잡아당기면 윗부분이 열리고 옆으로 잡아당기면 옆으로 창문이 열리는 구조인 것을 주인을 욕했던 내가 우습게 되었다.

프라하는 주로 카를교를 중심으로 여행을 다니면 된다. 교통은 트램(전차), 메트로를 이용하면 된다. 승차권 하나만 구입하면 언제 어디든 자유롭게 이용할 수 있어서 편리했다. 우리는 3일 권을 구입했다. 자유 여행이 주는 우리만의 즐거움이었다. 음식은 식당에 가서 주문 시 매번 맥주나 음료를 먼저 주문해야 한다. 가끔은 먹기 싫은 맥주도 마셔야 한다. 물보다 싸기 때문에. 음식은 나의 입맛에는 짰다. 굴라쉬(스프)가 특히 짰다. 강 언덕에 위치한 프라하 성은 가장 큰 볼거리이다. 성안에는 체코에서 가장 큰 성 비타 성당이 있다. 1344년부터 짓기 시작하여 거의 900년 후에 완공되었으며 성당 지하에는 역대 체코 왕들의 석관 묘가 안치되었다 한다.

화려하고 웅장한 성당 건물을 빠져 나와서 골목길을 따라 쭉 걸어오면 병사들의 막사로 사용되었던 황금 소로가 보인다. 몸을 구부리고 들어가야 될 정도로 아주 작은 16개의 집들이 늘어서 있다. 특히 22번지 작은 집은 작가 프란츠 카프카 때문에 유명하다. 카프카는 매일 이곳에서 글을 쓰고 밤이 되어서야 자신의 하숙집으로 돌아가곤 하였는데 폐결핵으로 41세의 짧은 생을 마친 작가이다. 카프카는 체코를 떠나 본 적도 없이 단조로운 직장생활과 글쓰기를 하며 쓸쓸하게 살았다고 한다. 유명한 성과 어느 날 아침 눈을 뜨고 나니 거대한 벌레로 변해버린 한 남자와 가족들의 이야기를 담은 「변신」이 유명한 작품이다. 나도 방 안에 들어가서 그때의 분위기에 잠시 젖어보았다. 어떻게 하면 글을 잘 쓸 수 있을까? 잠시나마 나 자신한테 물어보았다.

다시 프라하 시내를 가로지르는 블타바 강 카를교로 왔다. 가장 오래된 다리다. 다리 중간쯤에 있는 요한네포무크 성상에 손을 얹고 소원을 빌었다. 소원을 빌면 이루어진다는 전설에 나도 해봤다. 시누이가 옆에서 묻는다. "언니 뭐 빌었어요?" "우리 여행 무사히 마치게 해 달라고 빌었어요." 왕이 전쟁에 나갔을 때 왕비가 호위병과 외도를 하게 됐고 그 죄책감에 왕비는 요한 무크 신부에게 고해 성사를 한다. 왕비의 고해 성사를 본 한 병사가 왕이 돌아오자 그만 일러바치고 말았다. 왕은 네포 무크신부를 불러 다그쳤으나 끝내 말하지 않자 화가 난 왕은 신부의 혀를 뽑아서 돌을 매달아 카를교 위에서 던져버렸다. 시간이 흐르자 신부를 던진 블타바 강에는 어느 날 별 다섯이 떠올랐다고 한다. 별 다섯 개는 신부의 상징이 되어 지금도 동상의 머리 뒤에는 별 다섯 개가 있다. 많은 관광객들이 성상에 손 한번 만져보려고 긴 줄이 끊어지질 않는다. 인간의 마음도 바램은 끝이 없나 보다. 이렇게 프라하는 1989년 소련의 개혁으로 공산정권은 물러가고 영원한 '프라하의 봄'을 맞이하게 된다. 오랜 독재 생활을 살아온 탓인지 사람들은 소박하고 어딘가 어두운 얼굴 표정이 느껴졌다.

3일간의 프라하 관광을 마치고 우리 넷은 다음 목적지인 오스트리아 짤스버그로 가기 위해 차를 빌리러 렌트카 사무실로 갔다. 렌트한 자동차는 볼보사 왜건이다. 유럽 차는 작다고 짐을 줄여서 가야 한다며 시누이가 몇 번 주의를 주었는데 생각보다 큰 차라서 우리 모두 마음이 편안하였다. 운전은 고모부가 했다. 미리 준비한 미국 CD 음악을 틀어 주시는 자상한 멋쟁이 고모부시다. 아는 노래가 흘러나오니까 여행 기분이 한층 즐겁다. 차창 밖 멀리서 보이는 높은 알프스 산맥과 끝없는 푸른 잔디 위에 띄엄띄엄 때로는 옹기종기 모여있는 그림 같은 집들을 바라보니 아! 이것이 행복이고 유토피아가 바로 여기구나 싶다. 문득 이곳 사람들이 부럽다.

여기 사람들은 평화롭게 살아가고 있는 모습이 눈에 보이는데 우리나라는 무언가 긴장 속에서 살고 있으니 말이다. 우리는 남쪽 오스트리아 방향으로 가는 도중에 체스키 크롬로프 라는 체코의 중세 모습을 그대로 간직한 마을에 들렀다. 블타바 강이 마을 전체를 S자 모양으로 휘감아 흐르고 있다. 마치 안동 하회마을과 흡사 하다. 강을 끼고 돌산 위에 성벽이 높게 세워져서 깎아지는 듯한 절벽 위에 망루가 보이고 성안으로는 작은 다리를 건너서 좁은 길을 통해서만 갈 수 있는 그야말로 어떤 외부 침략에도 충분히 견딜 수 있는 요새의 모습이다. 성안으로 들어가서 바깥 풍경을 보면 옛날 모습을 그대로 간직한 건축물 및 시가지 풍경이 우리를 15~18세기로 시계를 돌려놓는다. 핑징에는 성낭이 있고 시청사가 있고 주택이 있고 상점이 있으니 이곳에도 사람 살았던 냄새가 진하게 남아 있었다. 차를 타고 다시 짤스버그로 출발했다. 길 안내는 차에 붙은 내비게이션 장치와 고모가 가져온 휴대폰에 다운받은 내비게이션을 가지고 2중으로 방향 안내를 받으며 이동했다. 우리가 가고자 하는 목적지를 내비게이션은 정확하게 가르쳐준다. 문명이 가져다준 이기에 감사할 뿐이다. 이렇게 프라하 여행은 시누이의 친절한 설명으로 끝이 났다.

### ~ 짤스버그에서 ~

짤스버그에서 동쪽으로 1시간 정도 떨어진 〈장크트 길겐〉 마을의 Hotel에 도착했다. 알프스 산맥의 줄기가 옆에 있고, 산에서 내려온 빙하가 녹은 물로 이루어진 거대한 호수가 그림 같은 휴양지이다. 도착했을 때는 날씨가 흐려서 약간 비가 부실부실 내렸다. 체격이 큰 퉁퉁한 여주인의 독일어 악센트가 반갑게 우리를 맞이했다. 우리는 호숫가에 있는 예쁜 목조 건물의 3층 방에 머물게 되었다. 시누이는 우리 부부한테 2개의 빈방 중에서 좋은 것을 고르라고 하는데 우리는 좀 더 작지만 호수가 보이는 전망이 좋은 곳을 택했다. 실은 그 반대로 큰 방이 더 좋아 보였지만 양보를 했다. 볼프강 호숫가에 자리 잡은 작은 마을로 이곳에서 바라보는 호수의 풍경은 정말 낭만적이었다. 마을 한복판에는 성당이 자리 잡고 있어서 마치 마을 전체를 지켜주는 듯하다. 매시간마다 울리는 종소리는 사람의 마음을 숙연하게 만든다. 나도 벌떡 일어나서 성호를 긋고 기도를 했다. 저 호수처럼 마음이 깨끗해지는 것 같았다. 볼프강 호숫가에 자리 잡고 있는 그림 같은 풍경을 바라보니 문득 손녀 얼굴이 떠오른다. 먼 훗날 손녀 서진이가 숙녀가 되어서 결혼식을 마치고 신랑과 함께 이곳으로 신혼여행을 온다면 얼마나 좋을까? 할머니의 마음을 전해 주고 싶었다.

아침 일찍 버스를 타고 짤스버그 시내로 갔다. 음악의 나라 오스트리아는 모차르트, 슈베르트, 하이든 같은 음악가와 국립 오페라단 비엔나 소년 합창단이 있다. 비엔나와 짤스버그가 있고 유명한 화가 클림트의 작품 「키스」도 있다. 이곳 사람들은 수준 높은 문화의 혜택 덕분인지 인상이 밝다. 다만 언어의 악센트가 조금은 거친 느낌이다. 독일어를 사용해서 그런가 보다. 도심 곳곳에는 모차르트를 상징하는 것들이 너무 많다. 모차르트 광장, 모차르트 박물관이 있고 모차르트 초콜릿, 향수, T셔츠 등이 가게마다 수북이 쌓여있다. 손주들 줄티셔츠 몇 가지를 사고 나니 쇼핑의 재미가 있었다. 모차르트가 세례를 받았던 6,000개의 파이프로 만든 유럽 최대의 파이프 오르간으로 유명한 대성당을 둘러본 후에 「사운드 오브 뮤직」에서 도레미송을 불렀던 미라벨 정원엘 갔다. 나도 영화에서 봤던 주인공 마리아처럼 계단을 내려가면서 도~레~미~ 흥얼거렸다.

다음날은 할슈타트와 얼음동굴로 향했다. 할슈타트는 세계 문화유산으로 지정된 찰츠 커머쿠트 지역에서 가장 아름다운 경치를 자랑한다. 2,000m가 넘는 알프스 산으로 둘러싸여 있으며 빙하가 녹아 만들어낸 커다란 호숫가 둘레에는 그림 같은 전원주택들이 옹기종기 모여있다. 호숫가 건너 멀리 보이는 기차역에는 관광 열차가 수시로 관광객을 실어나른다. 〈Salz〉이란 소금이란 뜻으로 바다가 아닌 땅에서 암염을 캐는 소금 광산이 이 지역 사람들의 생활을 윤택하게 만들었다. 7000년 전부터 인간이 살았던 흔적이 남아있는 고대 도시다. 우리는 얼음 동굴이 있는 산으로 가기 위해 케이블카를 타고 정상으로 향했다. 높이 올라갈수록 산 아래를 바라다보는 풍경은 정말 절경이다. 장엄한 알프스 산맥에는 군데군데 잔설이 보인다. 나의 졸필로는 무어라고 표현을 할 수가 없었다. 사진만 연신 찍을 수밖에 어느새 얼음동굴 입구에 도착했다. 천연 동굴의 길이가 40Km가 넘는 세계에서 가장 큰 얼음 동굴이란다. 동굴 내부 온도는 약간 추웠다. 신비한 색의 조명으로 길을 비추고 우주의 모습과도 흡사한 얼음 형상을 보여준다. 컴컴한 좁은 길을 따라 걸어 올라가면서 천길만길쯤 되어 보이는 낭떠러지를 바라보니 소름이 오싹 끼친다. 약 한 시간 반 동안 오르락내리락하면서 얼음계곡과 조각을 보다 보니 어느새 출구에 다다른다. 산꼭대기 바깥의 공기가 나의 코를 시원하게 뚫어준다. 다시 케이블카를 타고 산 아래 중턱지점 휴게소에 내렸다.

그곳에서 우리는 점심을 먹었다. 배가 고팠던지 음식도 맛있었다.

우리네 돈까스와 같다. 특히 맥주가 좋았다.

고모부는 피곤한 기색도 없이 다시 운전을 하신다. 옆에 앉은 고모는 길 안내 하느라 열심이다. 우리 내외는 창밖의 좋은 경치를 보는 것 외에는 딱히 할 일이 없다. 그래도 뭔가는 해야 할 것 같아서 재미있는 말이라도 던져야겠다고 생각했다. 남편은 노래를 불렀다. 그동안 갈고 닦은 성악 실력을 뽐냈다. 창밖에 펼쳐진 아름답고 매력적인 경치를 아쉬워하면서 우리 넷은 알프스 산자락의 자동차 여행을 만끽했다. 한 폭의 그림 같은 길겐 마을을 뒤로하고 우리는 비엔나로 출발했다. 얼마후에 Mondsee라는 성당을 들렀다. 아마 언니 오빠네가 카톨릭이라 배려를 한 모양이다. 성당 내에서는 미사가 진행 중이었다. 얼마 되지 않은 10명 정도의 사람들이 미사를 보고 있었다. 예쁘고 아담한 노란색의 건물이었다. 순간 이곳에서 미사를 보고 싶은 마음이 간절하였지만 옆의 가족들이 걸려서 돌아섰다. 예수님! 죄송합니다. 2시간 정도 고속도로를 달리고서야 멜크 수도원에 도착했다. 내부로 들어서는 순간부터 찬란한 황금빛의 호화로움에 압도당한다. 돔의 창에서 내리비치는 햇빛은 성당 안을 더욱 화려하게 만들어 '지상의 천국'이라 했다 한다. 왕실 복도에 마리아 테레지아 여왕과 그녀의 남편인 프란츠 1세의 사진이 있다. 마리아 테레지아는 오스트리아의 여왕으로 무려 16명의 자녀가 있을 정도로 둘의 금실이 좋았고 프랑스 루이 16세의 왕비 앙투아네트가 바로 막내딸이다.

## ~ 비엔나에서 ~

자동차는 빈 시내 우리가 묵어야 할 Hotel에 도착했다. 여기까지 고모부가 운전하느라 고생이 많으셨다. 차를 다시 돌려주고 우리 넷은 이제 대중교통을 이용해야 한다. 이 또한 재미가 더해지는 여행의 다른 스케줄이다. 표를 직접 사서 개찰구를 통과하고 가고자 하는 역에서 정확하게 내릴 때는 그 기쁨이야말로 낯선 곳에서 느껴보는 여행에 엔돌핀 이었다. 다뉴브 강 연안에 위치한 비엔나는 합스브르크가의 650년에 걸친 도시이고 아름답기로 유명한 도나우 강과 모차르트, 베토벤, 슈베르트, 빈 소년 합창단, 비엔나 왈츠, 비엔나커피 등 수많은 단어들이 있다. 수준 높은 문화로 유럽에서 가장 살기 좋은 나라 중 하나로 불린다. 아침 일찍 호프부르크 왕궁 성당으로 향했다. 내가 그토록 바랐던 미사에 참례하기 위해 서둘렀다. TV로만 봤던 빈 소년 합창단이 성가를 부른다. 성당 어디에 앉아도 합창단의 모습은 보이지는 않지만 미사가 끝나고 제단 앞에서 한 곡 불렀다. 나는 사진으로나마 모습을 남겨 놓았다. 이곳에서 미사를 드릴 줄이야 어디 생각이나 했겠는가?

마치 하느님의 과분한 은총을 지금 느끼고 있었다. 벅찬 가슴에 눈물이 계속 흘러내린다. 고모가 옆에서 '언니 울어?' 한다. '응' 들키고 말았다. 딱히 뭐라고 대답을 해 줄 수가 없었다. 오직 나만이 느낀 감정의 표출이라 할까? 다시 왕궁 옆에 스페인 승마 학교를 관람했다. 18세기식 고등마술과 조련법만 집중적으로 가르치는 교육기관이다. 서로가 마주 보며 줄을 서서 왈츠에 맞춰 스텝을 밟는 백마들의 쇼는 정말 멋있었고 신기했다.

우리는 비엔나 구시가지에서 가장 중심에 위치한 성 슈테판 대성 당을 둘러보고 케른트너 거리로 왔다. 길목마다 많은 카페와 레스토 랑 상점들이 눈을 유혹한다. 거리 예술가들의 공연도 나의 발길을 멈 추게 한다. 사람들의 얼굴 표정도 밝다. 한 사람 한 사람 자세히 보니 모두가 다들 잘 생겼다. 비엔나에 가면 꼭 맛보아야 할 것이 있다길 래 찾아갔다. 유명하다고 소문난 카페 자허(Cafe Sacher)를 찾아갔다. 이곳 역시 줄을 서서 기다렸다가 들어갈 수가 있었다. 우리는 멜란즈 를 주문했다. 에스프레소보다 엷게 탄 커피에 따뜻한 우유를 넣고 위 에는 거품으로 채운 듯 카푸치노와 비슷한데 그 맛은 정말 입안을 살 살 녹인다. 함께 먹는 자허 케익과는 환상의 궁합이었다. 너무 달콤 해서 옆에 있는 남편 입에 떠 먹여줬다. 이 나이에 서투른 제스추어 가 여행을 더욱 즐겁게 만들어 준다.

오후에는 오페라 하우스를 견학하고 저녁에 오페라를 관람했다. 총 1,642석의 객석을 보유한 오페라 하우스는 1869년 모차르트의 돈 조바니 공연을 시작으로 역사가 시작된다. 파리 오페라 극장, 밀라 노의 스칼라 극장과 함께 유럽의 3대 극장으로 인정받고 있다. 우리 는 플라시도 도밍고가 나오는 오페라 "나부코"를 볼 수가 있었다. 앗 시리아와 이스라엘 간에 전쟁이 계속되는 가운데 앗시리아왕 나부 코가 예루살렘을 점령하였다. 그 와중에 나부코의 딸 훼네나와 이스라엘 측 포로 이스마엘 간의 사랑 이야기가 전개된다. 서로의 종교가 다르다는 이유로 상대방을 죽이는 전쟁 속에서도 인간의 애정이 종교와 민족을 초월하여 포로와 노예 히브리인들의 합창 속에서 앗시리아 왕은 자유를 선사한다. 그리하여 앗시리아와 이스라엘 사이에는 다시 평화가 찾아온다는 줄거리이다. 배우들의 언어는 알아들을 수 없었지만 그들의 연기와 무대 배경이 조금은 이해가 되었다. 수준 높은 오페라를 적당한 비용으로 즐겼기에 만족했다. 다음날 합스부르크 왕가의 여름 궁전으로 마리아 테레지아와 딸 마리 앙투아네트가 지내던 쉰브룬 궁전을 둘러봤다. 모두 1,441개 방이 있다. 그 가운데 45개를 공개하고 있다. 다행히 이어폰으로 우리말로 설명을 해주니까 잘 알아들을 수가 있었다. 그 시대 왕가의 화려했던 살림살이 도구, 의복, 벽에 걸린 그림들이 나의 눈을 휘둥그레 하게 한다. 사방이 거울로 되어있는 방에서 여섯 살 모차르트가 마리아 테레지아 앞에서 피아노 연주를 하고 마리 앙투아네트에게 청혼을 했다는 16번 방은 기억에 남는다. 그날 저녁에는 고모가 미국에서 미리 예약해 놓은 레스토랑을 찾아갔다. 와인 선술집인 호이리겐에서 포도주를 마시며 식사를 했다. 분위기와 맛이 일품이었다. 나는 달콤한 이 저녁을 행여 누가 우리를 방해할까 봐 쓸데없는 걱정도 잠시 해 보았다. 이제 여행도 종반에 접어들었다. 시간이 너무 빨리 지나간다. 내일은 헝가리로 건너가야 하는 마지막 전날 밤이다. 무사히 여행을 마치게 해달라고 기도하면서 잠을 청했다.

## ~ 부다페스트에서 ~

오늘은 이번 여행의 마지막 기착지인 헝가리 수도 부다페스트로 가는 기차 여행을 하는 날이다. 유럽에서는 국가 간의 이동 수단으로 기차 여행을 손쉽게 할 수가 있다. 우리가 타는 기차 또한 오스트리아의 알프스 산악 지대로부터 헝가리 평야를 거쳐 부다페스트로 가는 급행열차이다. 5월의 싱그러운 들판을 보면서 우리 넷은 며칠 남지 않은 여행 일정에 대하여 담소하였다. 모처럼 여유 있게 쉬면서 낮잠도 청해보고 점심은 비엔나에서 아침 먹을 때 싸온 빵과 소시지로 간단히 때우고 나니 어느새 부다페스트 역에 도착했다. 부다페스트 역은 지저분하고 소매치기가 많다고 주의를 들었는데 역시 그 말이 맞았다. Hotel로 이동하는 도중에 지하철 계단을 오를 때 어떤 청년 2명이 시누에게 다가와서 손가방에 손을 넣었다 빼고 도망가는 것을 당했다. 다행히 피해는 없었지만 우리는 새로운 경각심을 갖게 되었다. Hotel로 들어가 보니 이곳의 호텔이 제일 크고 안락했다. 또 도심 중앙에 위치해서 교통도 좋았다. 또 공동으로 쓰는 작은 부엌이 딸려있어 간단한 라면이나 누룽지를 손쉽게 요리해 먹을 수 있어서 편리했다.

부다페스트는 한마디로 매우 거대한 도시이다. 도나우 강이 도시를 남북으로 가로질러 서쪽이 부다 동쪽이 페스트로 나누어져 있다. 낮에는 평범한 대도시로 보이지만 밤이 되면 도나우 강에 비치는 환상적인 야경이 여행객들을 황홀하게 만든다. 배를 타고 강을 거슬러 올라가면서 바라다보는 부다 언덕의 왕궁, 어부의 요새, 마차시 성당, 오스트리아와 헝가리 이중제국 시절 거대한 국가 위상에 걸맞게 너무나도 크게 세워진 국회 의사당, 세체니 다리 어느 한 곳에 눈을 고정시켜 봐야 하는지 모두가 예술 작품 그 자체였다. 유럽에는 3대 야경이 있다고 한다. "파리의 세느 강 야경" "체코의 프라하 야경" "부다 페스트의 다뉴브 강 야경"이다. 아직 파리는 가보질 못해서 잘은 모르겠지만 아마도 최고의 야경은 부다 페스트라고 추천해주고 싶다.

헝가리인들의 조상은 중앙아시아의 유목민이었다. 체형도 동양인 체형에 가까우며 이름도 성을 먼저 쓰고 이름을 나중에 쓴다. 거리에 다니는 사람들의 표정도 우리네와 흡사 비슷하다. 나도 모르게 전철 안에서 앞에 앉은 그들과 눈이라도 마주치면 웃어주는 여유도 나온다.

남편은 부다페스트에서 오페라를 한 번 더 보자고 한다. 모두들 좋다고 한다. 계획에도 없었던 오페라를 감상하게 되었다. "파우스트" 공연이었다. 오페라 하면 어렵고 재미없고 지루할 것 같지만 보면 볼수록 무대와 객석이 하나가 되어 즐거움을 느낄 수 있었다. 동유럽의 파리로 불릴 만큼 빼어난 경관을 자랑하고 도시 곳곳의 웅장한 건물들이 모두가 나에겐 영원한 추억으로 남게 되었다. 그동안 우리 부부를 끝까지 잘 데리고 다닌 시누이 부부한테 고마움을 전하고 싶다. '여보 나 가이드 잘했어?' '음 난 당신을 믿었으니까.' 시누이 부부의 사랑스러운 대화가 아직도 나의 귓전을 울린다.

# 봄을 맞으며

산과 들에 흐드러지게 피는 많은 꽃들을 보며 봄은 벌써 저만큼 앞서 와 버렸다고 느껴진다. 내기 미중 갈 때까지 기다려 주지도 않고 성큼 다가왔다. 연두색 옷을 갈아입고 파릇파릇 새순이 올라오는 나뭇잎들을 바라보니 봄나물을 캐러 동네 근처라도 갈까 마음이 설레발친다. 누가 같이 가자고 하는 사람이 없으니까 나 혼자서는 잘 움직여주질 않는다. 지난겨울에는 가족들과 스키 타러 가야지 하고 스키 부츠도 장만하였건만 차일피일 미루다 보니 스키도 못 타 보고 겨울이 훌쩍 멀리 가 버렸다.

금년 봄은 일찍이 찾아온 따뜻한 날씨 덕분인지 꽃 색깔도 모양도 유난히 예쁘고 눈이 부실 정도로 아름답다. 베란다 앞마당 한가운데 커다랗게 서 있는 탐스러운 목련 꽃을 바라보고 있으니 문득 옛 생각이 떠오른다. 여학교 선생으로 처음 발령받았던 때가 기억에 새롭다. 새내기 선생으로 처음 부임 하면서 학생들과 첫 만남이 이루어졌던 때 학교 교정에는 목련이 지금처럼 활짝 피고 있었다. 그때의 목련 나무 아래서 찍은 사진이 잠시 떠오른다. 지금 생각하면 결혼을 하면서 수업을 다 해주지 못하고 중도에 교직을 그만둔 것이 정말 후회스럽다. 그렇게도 열정적으로 수업 준비를 하고 학생들한테 인기가 많았던 내가 왜 그랬을까? 제자들에게 너무 미안한 마음이 든다.

해마다 찾아오는 봄이 나를 설레게 하였지만 언젠가부터 나에게는 봄이 점점 희미해져 가고 있다. 치맛자락 날리면서 꽃향기에 취하곤 했던 지난 많은 기억들이 지금의 봄과는 어쩐지 비교가 되었다. 가슴이 통 뛰질 않는다. 이제라도 남은 세월의 봄을 마음껏 즐겨 보리라. 다시 찾아온 새봄과 함께 겨울의 묵은 때를 깨끗이 씻어버리고 비록 시간 들은 많이 흘러갔지만 옛 시절의 아름다운 봄 냄새를 다시 맡아 보아야겠다. 내일은 봄옷을 꺼내서 화사하게 입고 문화센터에 공부하러 가야지. 화장도 예쁘게 하고 머리 모양은 또 어떻게 할까 반짝이는 귀걸이는 달까 말까 고민도 해본다. 이렇게 봄의 따뜻한 기운 속에서 굳어있는 마음을 조금이나마 풀어보았다.

지난 주말은 부활절이었다. 예수님의 부활 또한 봄에 이루어졌다. 밀알 하나가 땅에 떨어져서 죽지 않고 그대로 남으면 하나만 살 것이지만 죽어서 썩고 거름이 되면 그 땅에 많은 싹이 올라온다고 하신 말씀이 봄을 맞이하는 부활절에 생각이 났다. 작년 이맘때 차가운 바닷물 속에서 조난을 당했던 세월호의 어린 학생들의 명복을 빌어 본다. 꼭 일 년이 지났다. 밀알 하나가 죽어 많은 열매를 맺듯이 하늘나라에서 못다 한 꽃을 활짝 피우고 풍성한 행복을 누렸으면 하고 기도했다. 하얀 눈송이처럼 빛나는 벚꽃 나무 아래를 걸으면서 지나가는 봄의 향기를 아쉬워하고 있다. 내 옆에 서 있는 짝꿍과 함께, 찰깍! 셔터와 동시에 터지는 플래시가 봄의 꽃 잔치 속에서 우리를 축복해준다.

# 터닝 메카드

요즈음 나는 동대문 완구 가게 골목에 가서 어린이 장난감 '터닝 메카드'를 찾는 할머니가 되었다. 터닝 메카드가 무슨 뜻인지 어떤 모양인지 종류가 열 가지도 넘는다는데 또 아이들은 이것을 갖고 어떻게 노는 지 나는 잘 모른다. 손녀 7살짜리 서진이 때문에 이 장난감 이름을 처음 듣게 되었다. 또래 아이들에게는 이 장난감 변신 자동차가 없어서 못 살 정도로 인기가 많다고 한다. 백화점에서 품절된 지는 오래되었고 동네 마트에서는 아침 8시부터 장난감을 사려고 줄을 서면 1인당 한 개씩 살 수 있는 표를 나누어 주곤 한다. 그것도 미리 예약자에 한하며 개수도 몇 개 되지 않는다 한다.

문제는 서진이는 할머니가 꽤 능력이 있어서 특히 기도를 열심히 하면 성모님이 도와주신다고 그렇게 믿고 있다는 것이다. "할머니! 기도 많이 하면 성모님이 들어주시지?"라고 묻는데 아니라고 할 수가 없었다. "그렇지."라고 대답한 것이 그만 서진이와의 약속이 되어 구해 오라는 명령이 되었다. "할머니 내가 좋아하는 종류를 불러 줄 테니까 종이에 적어. 에반, 피닉스, 나백작…" 이렇게 서로가 대화를 하면서 나도 모르게 터닝 메카드에 빠져들었다.

난생처음 물어 물어서 동대문 완구 가게 골목을 찾아갔다. 대부분의 가게들은 '터닝 메카드 없습니다'라고 큼지막하게 써 붙여 놓았다. 마침 어떤 가게로 들어가서 물어보니 정가에 살 수 있는 것은 하나도 없고 얼마씩 더 주어야 물건이 있다고 한다. 내가 젊었을 적 아들을 키울 때 아이가 장난감 사 달라고 조르면 시어머니께서는 비싸더라도 당장 사 주셨던 그 시절 생각이 순간 머릿속을 스쳐 간다. '그래 나도 사줘야겠다.' 나 또한 손녀한테 빚을 갚는 듯한 묘한 기분이 들었다. 약속을 했으니 웃돈을 붙여서라도 몇 개를 사고 집으로 돌아왔다.

주말에 서진이가 우리 집에 와서 좋아서 어쩔 줄을 모르는 아이의 표정이 너무도 사랑스럽다. 하룻밤을 같이 자면서 장난감을 머리에 가지런히 놓고 손끝으로 만지작거리는 잠든 아이의 만족스러운 얼굴을 보니 나 또한 무척 행복했다. 이튿날 한 개를 조립하여 손에 들고 어린이 놀이터로 갔다. 놀이터에서 다른 아이들에게 자랑을 하고 싶었던 것이다. 미니카와 카드가 만나 자동으로 화려하게 변신하는 터닝 메카드에 우리 아이는 빠져들고 그리고 그 속에서 꿈을 이루기 위해 끝까지 노력하고 즐거워하는 손녀 서진이에게 할머니는 박수를 보낸다. 사랑해.

신시문학
여섯번 째 이야기

**미끄럼 타는 접시**